2021 :
오늘의
좋은 시

맹문재·임동확·이혜원 엮음

2021 오늘의 좋은 시

초판 1쇄 인쇄 · 2021년 3월 10일
초판 1쇄 발행 · 2021년 3월 16일

엮은이 · 맹문재, 임동확, 이혜원
펴낸이 · 한봉숙
펴낸곳 · 푸른사상사

주간 · 맹문재 | 편집 · 지순이 | 교정 · 김수란, 노현정 | 마케팅 · 한정규
등록 · 1999년 7월 8일 제2-2876호
주소 · 경기도 파주시 회동길 337-16(서패동 470-6)
대표전화 · 031) 955-9111(2) | 팩시밀리 · 031) 955-9114
이메일 · prun21c@hanmail.net / prunsasang@naver.com
홈페이지 · http://www.prun21c.com

ⓒ 맹문재, 임동확, 이혜원, 2021

ISBN 979-11-308-1776-7   03810

값 16,000원

맹문재·임동확·이혜원 엮음

2021 :
오늘의
좋은 시

푸른사상
PRUNSASANG

책을 내면서

2020년에 간행된 문예지에 발표된 시작품들 중에서 89편을 선정했다. 선정된 시들은 다양한 주제를 보이고 있는데, 그중에서도 2019년 12월 중국 우한시에서 발생해 지금까지 팬데믹으로 진행되고 있는 코로나19의 상황과 전태일 열사와 관계된 작품들이 눈길을 끈다. 전태일 열사 50주기를 기리는 사회의 분위기가 반영된 것으로 여겨진다.

예년과 마찬가지로 완성도를 기준으로 작품들을 선정했지만, 독자와의 소통적인 면도 고려했다. 난해한 작품들이 워낙 많이 발표되고 있어 시인들의 창의성을 어느 정도로 수용할 것인가는 참으로 어려운 문제이다. 한국 현대시는 매우 다양한 양상으로 전개되고 있다.

이 선집은 작품의 우열을 기준으로 엮은 것이 아니라 우리 시단의 흐름을 나름대로 반영한 것이다. 따라서 이 선집 외에 다양한 기획 시집들이 출간되기를 희망한다.

이 선집의 엮은이들은 책임감을 가진다는 취지에서 작품마다 해설을 달았다. 필자의 표기는 다음과 같다.

맹문재=a, 임동확=b, 이혜원=c

2021년 2월 24일 현재 전 세계의 코로나19 확진자가 1억 1천만 명을, 사망자가 240만 명을 넘어섰다. 일찍이 경험해보지 못한 이 팬데믹 상황에서 인류가 겪고 있는 불안과 고통은 이루 말할 수 없이 크다. 이와 같은 역경 속에서도 좋은 시를 쓰고 있는 시인들에게 응원과 감사를 드린다.

2021년 2월
엮은이들

차례

강민숙 팔만대장경 10

강태승 비(雨) 또는 비(非) 13

강현숙 뫼비우스의 띠 16

고영서 이 풍진 세상에 당신을 만나 19

권박　간단 22

기혁　나르키소스와 물고기 25

김개미 나의 천사 28

김기택 노숙존자 31

김명은 화력발전소는 뭉게구름을 만드는
　　　중입니까 34

김선향 더 컨덕터 37

김신용 진흙쿠키를 굽는 시간 7 40

김언　인생 43

김완　코로나19 46

김용아 그레고리안의 저문 강 48

김윤이 코로나의 사랑 50

김응교 찌릿 53

김익경 그림자의 탄생 55

김정원 등교 58

김중일 호흡의 비밀 61

김혜순 우주 엄마 66

김혜영 상자 속의 새들 69

노혜경 탄새기 72

박상률 재미 76

박설희 호모 케미쿠스 78

박완호 간절기 81

박제영 카톡왔숑, 왕년은 어디로 갔나 83

박제천 다시 방산장터에서 86

박찬일 몰래가 인생인 인생 88

박철　빛에 대하여 90

박홍점 커피공장이 있던 동네 93

백무산 기차에 대해서 96

서안나 미란다 원칙 98

서영처 도시의 규격 100

서정춘 대밭 일기 102

설하한 너의 새를 부탁해 104

성향숙 이따 봐, 벚꽃 108

성희직 광부 2 111

송경동 전태일은 살아 있다 114

송은숙 수련의 귀 117

신미나 속죄 120

신철규 해변의 눈사람 123

안상학 설득 126

안현미 카만카차 19 128

안희연 야광운 130

오새미 단추의 감정학 133

원양희 인큐베이팅 공원 135

유계영 거울에게 전하는 말 137

유국환 고요한 세계 140

유이우 숨 143

윤중목 위인 동상 3등 145

이규배 낮달 148

이명윤 반구대 암각화 150

이민하 하류 153

이영주 불쏘시개 156

이용하 악기목(樂器木) 159

이은규 밤의 포춘 쿠키 161

이재연 순례자 164

이제니 잔디 공원의 공허 속을
걸어가는 167

이창기 像 170

이철 일 포스티노 172

이현승 마이닝 크래프트 174

임경섭 너는 나의 지어지지 않는 집 177

임솔아 퀘스트 180

임지은 기분 상점 183

장석남 낮과 밤을 넘어서 186

장옥관 날짜들 188

장혜령 은영에게 190

정대호 격세지감 194

정세훈 투쟁 197

정연수 표준어 199

정우영 찬 공기 세워 201

정한아 스키드 마크 204

조규남 다시 신방 208

조말선 심야 211

조성웅 치유는 땅에 가까워지는 것이다 214

조원　　붙박이장　　　　　　　　　　219

조은　　순간의 진실　　　　　　　　222

최기순 흰 말채나무의 시간　　　　　225

최영철 사랑해　　　　　　　　　　　227

최은묵 프로파일러 C　　　　　　　　229

최준　　현관의 수사학　　　　　　　232

하상만 당신은 미래에서 온 사람　　234

하재연 구름의 베어링　　　　　　　　236

한성희 그곳에도 슬픔이 불고 있다고요 239

함기석 마스크　　　　　　　　　　　242

함민복 악수　　　　　　　　　　　　245

홍순영 사서(死書)　　　　　　　　　248

황성규 있다 그리고 이다　　　　　　251

황학주 5분만　　　　　　　　　　　253

2021
오늘의
좋은
시

팔만대장경

강민숙

내가 하나의 경(經)이었다는 것을
자작나무 목판 위에 새겨진
대장경이었다는 것을
폐경이 된 오십에서야 알았다

펼쳐놓은 책장 덮듯
홀연히 경을 덮고 떠나버린
목공을 내가 불러본다

달마다 핏빛으로 쓰여진
경을 맞이하며
한 번도 큰절 올린 적 없었던 나
바람처럼 날아가버린
그 많던 경들의 향기를
지금 내가
그리워하는 까닭은 무엇일까

붉게 타오르던
꽃잎 진 자리마다
팔만대장경의 흔적 더듬고 있는

나는

전생에 키 작은 보살이었나 보다.

(『용인문학』 2020년 상반기호)

바람처럼 날아가버린 그 많던 경들의 향기를
지금 내가 그리워하는 까닭은 무엇일까

위의 작품의 화자는 자신이 "하나의 경(經)이었다는 것을" 깨닫고 있다. "자작나무 목판 위에 새겨진/대장경이었다는 것을/폐경이 된 오십에서야 알았다"고 고백하고 있는 것이다. 그리하여 여성으로서 자신의 존재를 비로소 발견한 화자는 "달마다 핏빛으로 쓰여진/경을 맞이하며/한 번도 큰절 올린 적 없었"는데, "바람처럼 날아가버린/그 많던 경들의 향기"를 떠올리며 흔적을 더듬는다.

화자는 자신이 여성이라는 사실을 간과하며 살아왔다. 그렇지만 이와 같은 상황을 비난할 수는 없다. 이 세계에 던져진 한 존재로서 살아가는 일은 결코 쉽지 않기 때문이다. 특히 남성주의가 강한 우리 사회에서 여성은 비주류로 살아가야 하므로 자신의 정체성을 자각할 수 있는 여유를 갖기가 힘들기 때문이다. 삶의 과정에는 실존이 본질보다 우선한다. 따라서 여성으로서의 자기 존재를 "경(經)"으로 삼고자 하는 화자의 자세는 소중하다. 나이가 든 "보살"이 되어 사라진 "대장경"을 더듬으며 자기 존재를 품고자 하는 화자의 행동은 실로 위대한 것이다. (a)

비(雨) 또는 비(非)

강태승

나무 속에 비가 내린다 하늘은 푸르지만
나무에는 한창 비가 내리는 중이다
질퍽질퍽해진 길을 맨발로 걷는다
신발 없어도 생(生)을 걸어가는 나무
한결같이 투정하는 소리가 없다
나무 속에는 벌써 장마 졌다
흙탕물이 강둑을 넘쳐 논밭 덮치고
저승 가는 길을 끊어버렸다
겨울과 봄의 수작이 무너져
산골짜기까지 들이닥친 바다에
돌고래가 돌아다니는지 소란하다
해마다 한 번은 폭우가 쏟아져
흙탕물이 방 안에 들이닥쳐도
나무 속에 내리는 비는 나무 밖으로
한 번도 넘치지 않았다
태풍이 군홧발로 함부로 쏘다녀도
밖으로 물기가 비치지 않는다
그러나 매미는 장마를 용케 알고
나무에 침(針)을 넣어 마신다
나비도 마른 데에 앉아
흙탕물을 피해 나뭇잎에 맺힌
맑은 이슬만 받아 마신다
나무 속에 가랑비가 내릴 때

알게 모르게 그 밑에 서거나 눕는다
햇빛을 피해 선 곳이 강물이 출렁이는
문득 나무 밑임을 깨닫는 노루,
시방 나무 속에는 여름 장마가 한창이다.

(『우리시』 2020년 10월호)

나무 속에 내리는 비는 나무 밖으로
한 번도 넘치지 않았다

위의 작품에서 "나무 속에 비가 내린다"는 화자의 인식은 나무가 걷는 존재라는 상상력을 한층 더 풍부하게 만든다. 나무는 물을 빨아 올려야만 생존할 수 있다. 그것은 나무의 운명적인 행동이다. 화자는 그와 같은 상황을 상상해서 "나무 속에 비가 내린다 하늘은 푸르지만/나무에는 한창 비가 내리는 중"이라고 묘사하고 있다. 나무는 그 "질퍽질퍽해진 길을" 회피하지 않고 "맨발로 걷"고 있는 것이다.

"신발 없어도 생(生)을 걸어가는 나무"이기에 "한결같이 투정하는 소리가 없다". 화자는 이와 같은 나무에 대한 인식을 인간의 실존 상황으로 연계시킨다. 알베르토 자코메티(Alberto Giacometti)의 〈걸어가는 사람〉의 이미지가 제시해주듯이 인간은 자신의 삶을 영위하기 위해 걸어야만 한다. 폭우가 내리고 장마가 지고 흙탕물이 강둑을 넘쳐 "저승 가는 길을 끊어버"려도 포기해서는 안 된다. 걸어가는 그 길에는 비단이 깔렸거나 양식이 마련되었거나 안전이 보장되지 않았지만, 기꺼이 감수하고 걸어가야 한다. 나무처럼 걸어가야 하는 것이다. (a)

뫼비우스의 띠

아래 꽃과 윗 꽃 사이

아래 가지와 웃가지 사이

나뭇가지로 만들어진 둥지와 가지 사이로 날아다니는 새들 사이

동백나무 두터워진 수피 밖으로 경계도 없이
삶과 죽음은 버젓이 드나들고

사람들은 자꾸만 죽음을 긁어내고
가지치기로 삶을 다듬어보지만

삶의 형태는 측백나무 향나무 잣나무와 다르다는 것이다

좀처럼 정체를 드러내지 않는 것이

낫질의 노동과 땅 사이로 스며든다는 것이다

게딱지를 벗기고 꽃게탕 끓이는 저녁이 온다는 것이다

그 사이 누군가는 지팡이를 짚고 이 길을 돌아볼 것이고

옥황선녀의 집은 철거로 붉게 표시되고

출산의 고통으로 앵두꽃이 따닥따닥 핀다

민물홍새우젓갈이 삭혀간다

눈물 마른 메마른 각막들이
열리는,
오래된 벚꽃나무 사라진,

뫼비우스 띠의 뒷면에 이은 곳을 따라가면 거기,
폐허였다.

(『울산작가』 2020년 봄호)

눈물 마른 메마른 각막들이 열리는,
오래된 벚꽃나무 사라진,

위의 작품에서 인용하고 있는 "뫼비우스의 띠"는 1858년 독일의 수학자 페르디난트 뫼비우스(August Ferdinand Möbius)가 발견한 도형으로 안과 밖의 구별이 없다. 화자는 "아래 꽃과 윗 꽃 사이"며, "아래 가지와 웃가지 사이"며, "나뭇가지로 만들어진 둥지와 가지 사이로 날아다니는 새들 사이"를 그 모습으로 보고 있다. "동백나무 두터워진 수피 밖으로 경계도 없이/삶과 죽음은 버젓이 드나"드는 것에도 그러하다. 따라서 화자는 "사람들은 자꾸만 죽음을 긁어내고/가지치기로 삶을 다듬어보지만" 함부로 다루어서는 안 된다고 생각한다. "삶의 형태는 측백나무 향나무 잣나무" 등이 다 다르기 때문이다.

물론 차이와 진실을 혼돈해서는 안 된다. 조세희는 소설 「뫼비우스의 띠」에서 그것을 잘 보여주었다. 작품 속에서 수학 교사는 학생들에게 두 아이가 굴뚝 청소를 했는데, 한 아이는 얼굴이 새까맣고 다른 아이는 그을음이 전혀 묻지 않은 얼굴이었다면, 어느 쪽의 아이가 얼굴을 씻을 것인가라고 질문한다. 학생들이 다양한 의견을 제시하지만, 교사는 질문 자체가 성립될 수 없다고 말한다. 두 아이가 똑같이 굴뚝 청소를 했다면 한 아이의 얼굴은 깨끗하고 다른 아이의 얼굴은 더러울 수 없다는 것이다.

따라서 인간의 이성을 절대적으로 신봉한 채 대상을 이분법적으로 구분하는 것은 위험하지만, 진실을 왜곡시키는 것도 위험하다. 실제로 인간 세계에는 양적인 면을 토대로 진실을 왜곡시키는 경우가 적지 않다. 뫼비우스의 띠가 존재한다는 사실을 인정할 필요가 있지만, 뫼비우스의 띠를 적용하는 데 경계할 필요가 있는 것이다. (a)

이 풍진 세상에 당신을 만나
— 화가 양수아*

고영서

검정과 하양과 빨강과 초록이 어수선하오
답답한 마음에 날개를 달아 붓을 들었소
풍향동 집에 들어선 것처럼 드르륵,
미싱 소리가 들리오
겨울이 다가오고
여관비만 산더미처럼 쌓여
보고 싶어도 고향으로 내려갈
엄두가 나지를 않소
내가 다리를 절룩이는 것은
내 다리가 병들었기 때문 아니라,
내 다리가 딛는 이 땅이 병들었기 때문인 것만 같소
영혼을 어찌 규격에 담을 수 있겠소
다만 당신, 당신을 생각하면
그 노고를 생각하면
나는 눈물을 잘 흘리는 사람은 아니지만
또 눈물이 흐르고
숨결이 달아올라 견딜 수가 없소
훌륭한 사람이 될 것이오
돈도 벌 것이오
그때까지 기다려주길 바라며,

뜨거운 키스를 보내오

＊ 격동기의 보헤미안 화가 양수아(1920~1972)가 아내 곽옥남에게 보낸 편지의
재구성이다.

(『신생』 2020년 겨울호)

한 시대를 앞서 나가는 예술가들의 뛰어난 상상력과 대담한 모험들이 당대의 환영을 받거나 개인적인 영광으로 이어지는 것은 아니다. 세계의 근본 경험과 원리를 높은 수준의 연관관계 속에서 보려는 예술가들의 선구적 시도는, 필연적으로 뒤따르는 그 난해성과 속인들의 거부감으로 인해 외면당하기 일쑤이다. 1950년대 광주 지역의 아방가르드 화가였던 양수아의 운명도 마찬가지다. 구상화 일색인 세계에서 낯선 추상화의 추구에 대한 대가는 고향에 내려가고 싶어도 내려갈 수 없을 만큼의 혹독한 가난과 빚더미. 한 명의 전위예술가이기에 앞서 한 가정의 가장으로서 그는 자신을 대신해 생계를 책임지고자 미싱을 밟은 아내에게 "돈도 벌 것"이고 "훌륭한 사람"도 될 거라는 다짐과 위로의 편지를 보낸다. 어떤 가치의 '규격'이나 윤리적 규율에도 "담을 수 없는" 자유롭고 고귀한 불굴의 '영혼'을 가진 양수아 역시 최소한의 생계조차 위협당하는 현실 속에서 여느 인간과 다르지 않다는 것을 증명하며 굵은 눈물을 흘리고 만다. (b)

간단

권박

햇반을 전자레인지에 데우자 물에 말자 먹자
그렇게

간단하게 밥 먹자
간단하게 목 메자

그러자

어제의 뉴스는 삼포세대에서 칠포세대로 오늘의 뉴스는 미니멀리즘
과 소확행 추구 내일의
없는 뉴스를 클릭하다가 가구 사이트 창을 클릭해 아름답고 단순하
고 기능적인 노르웨이산 의자를 장바구니에 넣고 지역 찾기를 누르던
중 밥솥에 갓 지은 밥을 모락모락 떠올리다가 오로라처럼 떠올리다가
검색창에 "And when I awoke I was alone"이라고 썼다가 "노르웨이 숲에
서 그녀는 나에게 편히 쉬어 가라고 하며 어디든 편히 앉으라고 권했어
요 그래서 방 안을 둘러보았지만 의자 하나 없는 곳이라서"라고 흥얼
거리다가

포기하자

사실 죽고만 싶어 경찰에 신고할 주인이 없는 나만의 방이었다면
진짜 죽었을 텐데 부글부글 끓는 배를 잡고 변기에 들락날락하다
이렇듯 내내 흉몽이면 흉몽이 아닌 일상이지 일상은 그래도 되지

살기를 포기하자마자 포기하자
간단하게
살자

간단하게 밥 먹자
간단하게 목 메자

컥컥대다
입 다물자

그러자

그렇게
그러자

(『문학과사회』 2020년 여름호)

간단하게 살자
간단하게 밥 먹자

햇반을 전자레인지에 돌려 물에 말아 먹는 것은 가장 간단한 식사이다. 이런 간단한 식사와 동시에 간단하게 목이 메어온다. 삼포세대를 넘어 칠포세대가 된 젊은이들의 비애가 느껴진다. 연애, 결혼, 출산 세 가지를 포기한 삼포세대, 여기에 집과 경력까지 포기한 오포세대, 이에 더해 희망이나 취미, 인간관계까지 포기하면 칠포세대라고 한다. 간단한 식사는 이 모든 것을 포기하여 아주 조촐해진 삶을 대변한다. 사실을 말하자면 N포세대의 상황이고, 미화하자면 미니멀리즘이나 소확행을 추구하는 삶이다. 미니멀리즘의 대명사인 "아름답고 단순하고 기능적인 노르웨이산 의자"는 그림의 떡일 뿐, "밥솥에 갓 지은 밥"조차 오로라 같은 환상 속에만 존재한다. 노르웨이산 의자를 주문하는 대신 노르웨이를 지역 찾기로 눌러보다 비틀즈의 노래 〈노르웨이의 숲(Norwegian Wood)〉을 떠올리게 된다. 이 노래 속에도 의자 하나 없는 방에서 편히 앉으라고 권하는 '그녀'가 등장한다. 이 노래 속에도 아침에 홀로 잠깨는 '나'가 나온다. 하루키가 이 노래에 영감을 받아 쓴 동명의 소설에는 자살하는 젊은이들이 등장한다. '나' 또한 그들처럼 죽고 싶은 심정이지만 죽기에 편한 "주인이 없는 나만의 방"이 없기에 그것조차 여의치 않다. 흉몽 같은 일상에서 벗어나지 못하는 '나'는 살기를 포기하는 것마저 포기하고 '간단하게 살기'를 결심한다. 이 시에서 '간단'이란 말은 전혀 간단치 않은 N포세대의 참담한 현실을 함축하고 있다.(c)

나르키소스와 물고기

기혁

흐르는 물결 위에 글씨를 쓴다

또박또박
백지를 떠올리며 쓴 문장들이
손끝을 밀고 떠날 때

나는 그것이
허구를 향해 번져나가는
물고기 떼인 줄 알았다

서로의 아가미를 들락거리는
투명한 굴곡에 몸을 내맡기고서
타인의 속내로 직진해 온
햇살의 화창에 비늘을 반짝거렸다

물고기들은 사랑을 모르고 있으므로
촘촘한 이별의 은유로도 연민
가득한 비문으로도
그물을 만들 수 없었다

하구를 지나
까마득한 적도의 바다 한복판에서 문득
하다 만 말들이

지느러미를 붙들 때
비로소 글씨와 함께 번져버린 한여름과
그 풍경 위로 떨어진 몇 방울
눈물을 기억한다 고백은

물고기를 모신 자들의 눈꺼풀 같은 것
뜬눈으로 밤을 지새우면
별빛의 고요에도 비린내가 난다

회귀하는 문장을 본 적이 있는가
망망대해의 어둠 속에서 보았던 폐허가
시냇가까지 따라온다

쓴다는 본능을 좇던 물결에 얼굴을 디밀고
더 이상 내 것이 아닌 상처들과
구겨진 삶의 필름을 어루만진다

사랑을 모르는 자의 표정으로
거울 속 죽음을 애도하는 것이다

(『시인동네』 2020년 여름호)

뜬눈으로 밤을 지새우면
별빛의 고요에도 비린내가 난다

물 위에 쓴 글씨가 물고기 떼가 되어 움직인다. 한번 쓰기 시작한 글이 어느새 스스로 동력을 얻어 움직여나가는 듯한 상황이 연상된다. '나'의 손에서 놓여난 글이 생동감 있게 전개되는 양상이 팔락이는 아가미와 반짝이는 비늘을 달고 헤엄치는 물고기 떼로 그려진다. 그런데 이 물고기들은 사랑을 모르기에 어떤 그물로도 잡을 수 없다. 결국, 물고기들은 까마득히 흘러가 적도의 바다 한복판에 이르게 된다. 밤새 뜬눈으로 행한 고백의 문장들은 상처를 내면서 원점으로 회귀한다. "망망대해의 어둠 속에서 보았던 폐허"가 비치는 얼굴은 누구의 것인가? 반짝이며 미끄러지듯 바다 한복판으로 빠져나갔던 물고기들은 누구의 것인가? 되돌아보는 그것들은 상처투성이의 폐허이다. 나르키소스는 아름다웠지만, 사랑을 모르는 청년이었다. 이 때문에 그는 자기 자신과 사랑에 빠지는 형벌을 받게 된다. 사랑을 모르는 문장은 저 홀로 망망대해까지 흘러갔다가 상처 입은 몸으로 자신에게 회귀한다. 글쓰기의 황홀감과 고독이 물고기 떼의 비유를 통해 생생하게 느껴지는 시이다. (c)

나의 천사

김개미

어느 날 나의 집에 천사가 왔습니다
천사는 약하고 아파서
내가 천사가 되어주어야 하는 천사였습니다
나는 나의 살을 떼어 먹이고
관절과 눈물을 바쳤습니다
천사는 뛰지 못했지만 뛰고 싶어 해서
나는 천사를 업고 산을 뛰어 올랐습니다
천사가 친구를 원해서
니는 사람들의 발아래 머리를 조아렸습니다
천사를 천사처럼 입히고 꾸미는 일로
나는 매일 행복하고 피곤하고 바빴습니다
나약하지만, 천사가 등에 날개를 가졌다는 사실을
나는 잊은 적이 없습니다
날개를 부러뜨려서
천사를 영원히 나의 집에 머물게 할 수 있었으나
나는 천사가 절망하는 모습을 보고 싶지 않았습니다
나는 알고 있었습니다
내가 잠든 새벽 천사가 날개를 펴본다는 것을요
잠시 창밖으로 날아갔다 온다는 것을요
천사가 나와 나의 집을 떠나는 날은
오늘일 수도 내일일 수도 있었습니다
병이 낫고 광휘에 둘러싸인 천사에게
가진 것 없고 초라한 천사는 필요 없으니까요

천사는 내가 깊이 사랑해서
내게 깊이 상처 낼 수 있는 발톱을 가지고 있었습니다
발톱을 들키자
천사는 몹시 부끄러워하며
나와 나의 집을 떠났습니다
나는 천사의 뒷모습을 보았습니다
천사의 뒷모습은 온통
피 묻은 낚시 바늘 같은 발톱이었습니다

(『시와 문화』 2020년 여름호)

나는 알고 있었습니다
내가 잠든 새벽 천사가 날개를 펴본다는 것을요

일반적으로 천사는 신의 영역과 인간의 영역 사이를 오가며 그 둘 사이를 매개하는 날개 달린 정신적 존재를 의미한다. 하지만 '나의 천사'는 외부의 도움 없이 자유로이 지상과 천상 사이를 오가며 전지전능한 힘을 발휘하는 천사가 아니다. 선천적으로 몸이 약하고 아파서 오히려 매일 내가 모든 면에서 도움을 주어야만 하는 존재다. 그럼에도 불구하고 '나'는 그런 '나의 천사'가 "날개를 가졌다"는 사실을 망각하지 않는다. 내가 잠든 새벽에 몰래 자신의 날개를 펴보기도 하며 풍요로운 정신의 비상에 대한 꿈을 버리지 않고 있다고 믿고 있다. 하지만 비록 자신의 힘으로 뭔가를 할 수 없는 허약한 신체조건과 오랜 병고로 머지않아 죽을 수도 있는 '나의 천사'는, 이런 '나'의 호의를 마냥 달가워하지 않는다. 오히려 그가 그를 사랑하는 그만큼 내게 깊숙이 상처를 낼 수 있는 발톱을 감추고 있다. 그러니까 절대적으로 악하거나 선한 존재는 없다. 종내 '나의 집'을 떠나는 '천사'처럼 모든 존재들의 선한 '뒷모습'엔 어떤 방식으로든 "피 묻은 낚시 바늘 같은 발톱"이 감추어져 있다. 단적으로 내가 일방적으로 돌보거나 보호해야 할 존재가 아니라, 싫든 좋든 그 자체로 고유한 개성과 인격을 가진 존재가 '나의 천사'라고 할 수 있다. (b)

노숙존자

김기택

　아무도 다가오려 하지 않아서, 아무도 말 붙이려는 사람이 없어서,
저절로 사회적 거리두기를 실천하게 된다.

　세상에서 없어진 지 하도 오래되어서 거리두기라는 말조차 생소하
지만

　씻지 않고 빨지 않은 냄새가 튼튼한 벽이 되어서 팔다리뿐 아니라
눈빛이며 뼛속까지 사회적 거리를 둔 지 오래다.

　무시와 무관심이 마스크가 되고 방호복이 되어서 침방울들이 웃고
떠들며 활보하는 곳에서 뒹굴고 있어도 안전하다.

　A형 독감보다 독한 혐오와 멸시와 수치가 극심한 발열 후에 항체가
되어서,

　코로나바이러스가 와서 며칠 좀 놀다 가겠다면 굳이 마다할 이유가
없겠지만, 밀접 접촉이 많아 활개치고 다니기 좋은 곳을 놔두고, 먹여
주고 재워주는 물 좋은 자리를 놔두고, 이 꽉 막힌 지하까지 오겠는가.

　나의 밀접 접촉자는 굴러다니는 종이컵, 바람에 쫓기다 구석에 겨우
자리 잡은 비닐봉지, 청소원이 여러 번 치웠으나 늘 그 자리에 있는 먼
지들, 아무리 떠들어도 침방울이 튀지 않는 소음, 아무리 쫓아내도 꿈

쩍도 하지 않는 탁한 어둠.

홀로 외롭게 창궐하고 싶다면, 코로나바이러스여, 얼마든지 여기 와
서 노숙해 보라.

코로나바이러스가 거리를 깨끗하게 치워놓아서 멧돼지도 고라니도
곰도 야생이 된 도시 한복판으로 나와 마음껏 논다는데

고양이들 틈에 끼어 나도 쓰레기통을 뒤지고 싶지만 내가 기생하는
숙주는 오늘도 햇빛 거리두기 바람 거리두기를 실천하는 중이다.

(『현대시』 2020년 9월호)

여기 코로나 팬데믹으로 새로운 일상이 된 '사회적 거리두기'가 전혀 불편하거나 낯설지 않은 사람이 있다. 그는 이미 오래전부터 저절로 그것을 경험해왔다. 사회와 절연됐기 때문에 '거리두기'라는 말도 무색할 정도로 잊힌 존재가 되었고 투명인간을 대하듯 아무도 반응하지 않는다. 사람들의 발길이 닿지 않는 꽉 막힌 지하 공간이 그의 거처이다. 코로나바이러스조차 이곳에는 오려 하지 않는다. 그의 밀접 접촉자란 고작 종이컵이나 비닐봉지나 먼지나 소음, 그리고 탁한 어둠이다. 이곳까지는 침방울이 튈 염려가 없다. 코로나 역설이라는 말이 생길 정도로 코로나로 인간의 활동이 줄어든 대신 생태계가 회복되어 야생동물들이 도시에 출몰하고 있다는데, 그는 여전히 자신이 살던 곳에서 나오지 않는다. 도시의 깊은 어둠이 그의 숙주이기 때문이다. 코로나의 위험에서 완벽하게 비켜나 있는 이 특별한 인물에게 시인은 '노숙존자'라는 칭호를 붙여준다. 코로나의 혼란에서조차 소외된 사람들이 존재하는 사회의 짙은 그늘을 돌아보게 하는 시이다. (c)

화력발전소는 뭉게구름을 만드는 중입니까

김명은

전원을 커세요 생각이 곧 에너지예요
뇌관이에요 보이지 않는 적은 폭탄처럼 위험하고
여섯 개 굴뚝으로 들어가면 막장이 보여요
온수는 욕조 밖으로 넘쳐흐르고 고온처럼
왜 자꾸 옷을 벗으려 하나요
삼복염천에 전철이나 사무실은 냉기가 가득
냉동 창고에 갇힌 듯 비상인데 비상벨이 울리지 않아요
당근을 들고 팔만 뻗으면 쓰러지는 적은 낭비인가요
구름공장 플라스틱 물방울들 부풀기 시작하죠
흰 구름으로 포장한 당근이 있고
당근이 있으면 회유가 있고
굴뚝이 날마다 검은 연기를 뿜어댄다면
하늘빛이 검정색이나 회색이나 고동색이었다면
굴뚝을 세우던 인부는 굴뚝새처럼 추락하지 않았을까요
뭉게뭉게 섬사람들이 눈 치켜뜨고 몰려와
첫 번째 굴뚝을 뽑아 내동댕이친다면 오죽 좋아요
석탄가루 켜켜이 쌓인 배추포기를 가르다
빨랫줄 빨래를 털어내다 숨 들이마시고
창문과 창틀 닦아내다 들이마시는 한숨도 마시고
굴뚝을 모두 뽑아내고 막장 불을 쏟아버려요
부족하면 부족한 대로 캄캄하면 초를 사거나 눈을 감거나
당근을 받아먹었다고 잠잠해지면 안 돼요

병명도 모르고 앓은 사람들이 얼음처럼 녹고 있어요

끝까지 가서 끝을 보기 전에 당근을 버려요

(『시와사람』 2020년 여름호)

창문과 창틀 닦아내다 들이마시는 한숨도 마시고
굴뚝을 모두 뽑아내고 막장 불을 쏟아버려요

삼복염천에도 전철이나 사무실은 냉동 창고처럼 서늘하게 유지되는, 넘치는 에너지 소비가 가능한 것은 우리나라에 61기나 되는 화력발전소가 자리잡고 있기 때문이다. 한때는 산업의 근간으로, 풍족한 에너지원으로 자랑거리였던 화력발전소가 이제는 환경오염의 주범으로 인식되고 있다. 이 시에서는 화력발전소의 위험성과 에너지 낭비의 실태를 치열하게 조명한다. 생각의 전원을 켜서, 폭탄처럼 위험하고 막장처럼 암담한 화력발전소의 진상을 들여다보자고 한다. 화력발전소의 "흰 구름"은 "검은 연기"를 포장해놓았을 뿐 그 치명적인 해독(害毒)이 제거된 것은 아니다. 화력발전소는 해마다 악화하는 미세먼지의 주범일 뿐 아니라, 그것이 설치된 지역 주민들의 생활과 건강에는 직접적인 피해를 주고 있다. 이토록 위험한 시설이 그곳에 자리 잡고 운영될 수 있는 것은 그만한 '당근'과 '회유'가 있었기 때문이다. "당근을 받아먹었다고 잠잠해지면 안 돼요", "끝까지 가서 끝을 보기 전에 당근을 버려요" 같은 간절한 제안이 거듭되는 것은 그 때문이다. 당장의 편의를 포기하더라도 지속가능한 건강한 삶을 위해서는 화력발전소의 퇴출이 시급하다는 문제의식이 선명하다. 화력발전소의 위험성을 설득력 있게 피력한 의미 있는 생태시이다. (c)

더 컨덕터*
— F등급 영화 1

김선향

안토니아 브리코(1902~1989)는 네덜란드 출신의 미국 여성 지휘자로 28세 때 베를린필하모닉관현악단 지휘자로 데뷔했으며 1934년에는 여성 음악가들로만 구성된 뉴욕 여성교향악단을 창단했다. 그녀는 평생을 음악에 바쳤고 유명 교향악단의 객원 지휘자로 활약했다. 그럼에도 상임 수석 지휘자는 된 적이 없다.

네까짓 게 감히 지휘자가 되겠다고?
어머니가 막아도 난 지휘자가 될 거예요

시집 가서 애나 낳아
결혼 대신 음악을 선택했어요

여자는 못 해, 이끌 수가 없어
여자도 남자만큼 할 수 있어요

당신들이 아무리 뜯어말려도, 내 피아노가 산산조각 나도, 멈추지 않아요, 내 꿈을 향해 나는 내달려요

베를린의 차디찬 밤, 잠잘 때도 부서진 피아노 조각 움켜쥐고, 굶주린들 어떠리, 두려운 건 포기일 뿐

나 안토니아 브리코는 몸부림친다
10g 지휘봉에 몸을 맡기고 100명 연주자들 앞에서 춤을 춘다

때로는 강하게
때로는 부드럽게

나의 연주로 리듬을 탄다 메마른 땅에 물길을 낸다 세상에 숨결을
불어넣는다

나에게
시는 F등급 영화

내 눈에 비친
이 보랏빛 세상!

* 마리아 피터스 감독, 2018.

(『다층』 2020년 겨울호)

당신들이 아무리 뜯어말려도, 내 피아노가 산산조각 나도,
멈추지 않아요, 내 꿈을 향해 나는 내달려요

마리아 피터스(Maria Peters) 감독의 영화 〈더 컨덕터〉는 클래식 음악사에서 큰 발자취를 남긴 안토니아 브리코(Antonia Brico)의 이야기를 감동적으로 담고 있다. 그녀의 연보는 위의 작품에서 소개했듯이 "네덜란드 출신의 미국 여성 지휘자로 28세 때 베를린 필하모닉 관현악단 지휘자로 데뷔했으며 1934년에는 여성 음악가들로만 구성된 뉴욕 여성교향악단을 창단했다. 그녀는 평생을 음악에 바쳤고 유명 교향악단의 객원 지휘자로 활약했다. 그럼에도 상임 수석 지휘자는 된 적이 없다".

안토니아 브리코가 주위의 우려와 편견을 이겨내고 자신의 길을 걸어갈 수 있었던 것은 음악에 대한 뜨거운 열정이 있었기 때문인데, 그 열정은 여성의 주체성을 자각함으로써 가질 수 있었다. 그와 같은 모습은 "시집 가서 애나 낳"으라는 주위의 강요에 대항해 "결혼 대신 음악을 선택"한 데서 볼 수 있다. "여자는 못 해, 이끌 수가 없어"라는 주위의 패배감에 "여자도 남자만큼 할 수 있어요"라고 맞선 모습에서도 볼 수 있다. 그런데도 "당신들이 아무리 뜯어말려도, 내 피아노가 산산조각 나도, 멈추지 않아요, 내 꿈을 향해 나는 내달려요"라는 그녀의 외침은 성차별에 맞서는 절규로 들린다. 누가 페미니즘을 괴물이라고 하는가? (a)

진흙쿠키를 굽는 시간 7

김신용

저 폐가 -, 꼭 빈곤 포르노 같다

우두커니 억새풀에 뒤덮여 있다. 깨진 유리의 창문에는 햇살의 누런 눈곱이 끼어 있다. 온갖 쓰레기의 불법 투기장이 된 집, 자신의 궁핍을 드러내기 위한 연출 같다. 사람이 살던 집이 어쩌면 저렇게 퇴락할 수 있을까? 하는 의문을 증폭시키기 위한, 연기 같다. 시간의 자연적인 흐름 속에 놓아둔 것 같은 작위성 -, 차가운 관객들의 시선을 붙잡아 두기 위한 잘 계산된 전략 같다. 석면으로 만든 슬레이트 지붕도 내려앉아 발암물질의 온상지처럼 변해 있는, 사람 떠난 빈집이 어떻게 피폐해지는지에 대한 리포트 같기도 하지만, 모든 욕망을 거세해버린 욕망이 몸 웅크리고 노숙을 하고 있는, 이제 세계에 대한 한 가닥 기대도 삭아내려 한쪽 어깨부터 기우뚱 무너져 내리는, 척추 측만증을 앓고 있는 마을 -.

그 불구를, 최대한 클로즈업시켜 불치를 과장하고 있는 듯도 하다

그러나 이것은 빈곤 포르노가 아니라
지금도 여전히 존재하는 현실이라는 듯한, 슬픈 얼굴 같기도 하다

누가 살다 허물처럼 벗어두고 간, 저 빈집들 -.

잡풀 우거진 마당에는 이 시골 마을을 벗어나기 위해 땀 흘려 일하

던, 생의 족적들이 뒹굴고 있다

　　그렇게 시장 경제법칙에 가장 잘 어울리는 낯빛을 한, 마을의 공동
화(空洞化) － .

　　온갖 오물들의 불법 투기로, 마치 공포영화의 촬영지처럼 변해 있는
폐가들 －

　　누군가가 미련 없이 벗어두고 간 허물처럼
　　허공에 우두커니 걸려 있다

　　그래, 이제 누가 연출하지 않아도 꼭 빈곤 포르노 같다

(『실천문학』 2020년 여름호)

누군가가 미련 없이 벗어두고 간 허물처럼
허공에 우두커니 걸려 있다

　벗은 몸을 적나라하게 전시하는 포르노처럼 폐가는 빈곤의 치부를 노골적
으로 드러낸다. 궁핍한 상황을 연출이라도 한 듯 폐가의 광경은 처참하다. 계
산된 전략과도 같이 폐가는 곳곳이 난장이고 회복 불능의 병든 몸이다. "모든
욕망을 거세해버린 욕망"이 무너진 몸으로 노숙을 하는 듯한 병자들의 마을.
이곳의 집들이 보여주는 얼굴이 슬퍼 보이는 것은 "이 시골 마을을 벗어나기
위해 땀 흘려 일하던, 생의 족적들"로 인해 더욱더 그 버림받은 형상이 도드
라져 보이기 때문이다. 누군가 허물처럼 벗어던지고 한사코 빠져나가려 했던
폐가들은 누추하고 병든 몸으로 거기 버려져 있다. 시장경제의 질서 속에서
완전히 소외되어 아무도 살지 않는 곳, 텅 빈 이곳을 채우는 것은 오물과 쓰
레기뿐이다. 폐가는 흉가가 되어 공포영화의 촬영지처럼 변해버렸다. 누군가
벗어 던진 허물처럼 허공에 걸린 저 폐가들은 그것이 얼마나 벗어나고 싶은
빈곤의 굴레였는지를 증언한다. 폐가가 이토록 적실한 몸의 비유를 얻은 적이
있을까? 비록 한없이 참담하고 추하고 병든 모습이지만 폐가 또한 사람들의
몸을 품었던 또 다른 몸이라는 사실이 처연하게 느껴진다. (c)

인생

김언

인생은 마음먹은 대로 간다던데
인생은 마음이 없다.
인생은 생각도 없고
지조도 없다.

인생이 무슨 마음을 먹고
무슨 생각을 하는지
인생은 알겠는가.
인생은 모른다.

아는 것이 없는 사람처럼
매일 새로 와서
매일 새로 배우고 가는
사람을 인생은 모른다.

그는 모르는 학생들이 모인
모르는 학교의 모르는 교장처럼
아무것도 책임지지 않고
그 자리에 있다.

그 자리에만 있는 사람
그게 내 인생이란 게 믿기지 않지만
내가 안 믿으면

또 누가 믿겠는가.

그러니 출석한다.
출석이라도 해야 한다.
퇴학당하기 싫으면
가서 앉아라도 있어야 한다.

꾸벅꾸벅 졸며
학생들이 들어온다.

(『문학과사회』 2020년 봄호)

"인생은 마음먹은 대로 간다"는 말에 딴지를 걸어본다. '마음'에 한없이 부담을 지우는 이 말을 비틀어본다. 인생은 과연 마음먹은 대로 움직여주었는가? 인생은 마음도 없고 생각도 없고 지조도 없는 것처럼 제멋대로 흘러간다. 인생의 마음과 생각은 인생도 모른다. 인생이 어찌 흘러가는지 모르는 사람들이 모여 있는 학교의 교장처럼 인생은 자리만 지키고 있다. 학교는 배우는 곳이지만 인생의 학교에는 아무것도 모르는 채 매일 새로 배우는 학생들이 있다. 자리만 지키는 교장처럼 자리만 지키는 학생들이 있다. 퇴학당하기 싫어 출석하는 학생처럼 배우는 것 없이 자리만 지키는 학생들이 꾸벅꾸벅 졸고 있는 인생 학교. 한때 '하면 된다'는 강력한 주문이 지배하기도 했었지만, 과연 그런가? 뜻대로 안 되는 게 많다는 것을 배우는 게 인생이기도 하다. 마음먹은 대로 되는 것이 없는 사람에게도 인생은 졸면서라도 앉아 있어야 하는 학교 같은 것이다. (c)

코로나19
— 어떤 봄날

김완

　개원한 후로 점심을 혼자 먹을 때가 대부분이다 건물주인 5층의 외과 친구와 함께 먹으면 좋겠지만 수술 일정이나 환자 등의 이유로 한 달에 한두 번밖에 함께 식사하지 못한다 홀로 먹는 점심에 익숙해졌다 수요일, 주 1회는 중국집에 가기로 한 날이다 동네 중국집 〈청화반점〉에 들러 간짜장을 먹는다 배달이 많고 직접 와서 먹는 손님들은 별로 없다 갓 볶은 간짜장과 면을 비벼 먹으면 세상일 잠시 잊고 행복해진다 신용카드로 결제하면 6,000원 현금은 5,000원을 받는다 사장이 원하는 대로 이곳에서는 항상 현금으로 결제한다

　점심 먹고 나와 좁은 길을 걷는다 최근 이 지역에서도 코로나19 감염증 확진자가 나와 한낮인데도 거리가 한산하다 마스크로 얼굴을 꼭꼭 가린 표정을 알 수 없는 사람들 드문드문 만난다 1톤 소형 트럭에 여러 가지 물건을 싣고 다니며 파는 중년의 아저씨를 만났다 스피커를 통해 전달되는 목소리에 이끌려 대나무로 만든 베개 두 개를 3만 원 주고 구입한다 웃으며 1,000원짜리 양말을 '덤'이라고 넣어준다 내가 물건을 사고 있으니 지나가는 사람들이 궁금한 듯 하나둘 모여든다 봄 햇살 환하다

(『시와표현』 2020년 여름호)

지나가는 사람들이 궁금한 듯 하나둘 모여든다
봄 햇살 환하다

2019년 12월 중국 우한시에서 발생한 코로나19 감염 확진자가 국내에서도 나온 뒤 나라 전체가 큰 혼란과 고통을 겪고 있다. 정부에서는 매일 코로나19의 발생 현황을 공지하고 있는데, 2021년 2월 24일 현재 확진 환자가 8만 8천 명을 넘어섰고 사망자도 1천5백 명을 넘어섰다. 다른 나라에 비해서는 매우 양호한 상황이지만, 한 번도 경험하지 않은 일이기에 사람들은 매우 불안해하고 있다. "마스크로 얼굴을 가린 남녀노소들, 더러는 휴대폰을 들여다보고 더러는 먼 하늘을 바라보며 버스를 기다리"(「코로나19−일상 2」)는 것이 그 한 모습이다.

코로나19의 상황으로 말미암아 사람들의 일상이 무너지고 있다. 일상생활 속에서 코로나19의 감염이 발생하고 있으므로 학생들은 마음대로 학교에 가지 못하고, 직장인들도 재택근무를 하고, 각종 모임도 취소하고 있다. 그에 따라 서로의 얼굴을 보면서 이야기하고, 밥을 먹고, 커피를 마시고, 술을 마시는 등의 생활이 단절되고 있다. 경제 활동이 막힘으로 자영업자들을 비롯해 소상공인들의 피해 또한 이루 말할 수 없이 크다. 따라서 위의 작품의 화자가 중국 음식점에서 짜장면을 먹고 "신용카드로 결제하면 6,000원 현금은 5,000원을 받는다 사장이 원하는 대로 이곳에서는 항상 현금으로 결제"하는 것이나, "1톤 소형 트럭에 여러 가지 물건을 싣고 다니며 파는 중년의 아저씨를 만"나 "대나무로 만든 베개 두 개를 3만 원 주고 구입"한 일은 박수받을 만하다. 다른 사람과 함께 살아가려는 마음으로 실천하는 행동이야말로 최고의 방역 대책인 것이다. (a)

그레고리안의 저문 강

김용아

읽던 책마저 덮고
저물어가는 강을 바라본다
휘몰아치던 진눈깨비가
멈춰서기를 몇 번
이제 함박눈이다
저문 강도 그렇게 흘러갈
것이라는 것을
이미 눈치챈 것인지
어두운 강물 위로
그레고리안 성가가 울려퍼지고
마지막 탄전지대 도계로
넘어가는 기차가
철커덩거리며 강을 건넌다
바퀴가 철로에 부딪힐 때마다
간혹 끊어졌던 기억들이
노래에 섞여
아래 강으로 이어지고
눈은 여전히 방향을 잃은 채
떠돈다

(『시인정신』 2020년 겨울호)

바퀴가 철로에 부딪힐 때마다
간혹 끊어졌던 기억들이 노래에 섞여 아래 강으로 이어지고

위의 작품의 화자는 "읽던 책마저 덮고/저물어가는 강을 바라본다". 창밖에는 "휘몰아치던 진눈깨비가/멈춰서기를 몇 번" 하다가 "함박눈"으로 내리고 있다. 화자는 "어두운 강물 위로/그레고리안 성가가 울려퍼지"는 것을 듣는다. 화자의 귀에 그레고리안 성가(Gregorian chant)가 들리는 것은 그의 희망이 반영되어 있기 때문이다. 그것은 다름 아니라 "마지막 탄전지대 도계로/넘어가는 기차가/철커덩거리며 강을 건"너는 상황에서 볼 수 있듯이 광산촌과 깊은 관계가 있다. 광산에서 석탄을 캐는 광부들의 삶은 갱도가 무너지거나 가스가 폭발해 매몰될 수 있으므로 항상 불안하다. 석탄 가루를 들이마셔 진폐증에 걸리는 위험에도 노출되어 있다. 광부의 가족들 또한 불안감을 가질 수밖에 없다. 그리하여 화자는 "바퀴가 철로에 부딪힐 때마다/간혹 끊어졌던 기억들이/노래에 섞여/아래 강으로 이어지"는 것을 느낀다. "그레고리안 성가"는 가톨릭교회에서 가사보다 운율에 맞추어 낭송하는 음악이다. 화자는 광부와 그의 가족들이 가졌던 불안감을 단순한 선율이지만 장엄하고 편안함을 주는 "그레고리안 성가"로 위로해주고 있다. (a)

코로나의 사랑

김윤이

마침내 사람의 몸을 얻습니다

　무릇, 달갑지 않은 롱런입니다 코까지 씌워놓은 마스크가 직감적으로 움찔댑니다 코로나가 연인처럼 고민합니다 오천 분의 일로 걸리는 확률을 피하기 위해 식(食)도 우리끼리 성(性)도 우리끼리 합니다 식(食)과 성(性)이 따리 틉니다 네가 좋으면 된다며 성급히 따라갑니다 유흥시설출입 전자출입명부제(電子出入冥府制)가 시행되었지만 COVID-19, 버젓이 이름까지 써서 남겨놓을 정도입니다 난감보다 더한 아찔함도 있긴 합니다 오감이 극도로 예민해져 이상한 병에 사로잡혔음을 느낀 날입니다 열불이 나고 허리에 넓적다리가 감긴 듯 야릇합니다 느낌이다, 본능이다, 합니다만 사실은 피눈물 쪽쪽 빨아 먹힌 겁니다 엉긴 복부, 밀착된 젖가슴, 발기한 음경, 엉큼한 눈짓을 역학조사 중입니다 다리가 풀리고 정신이 기진맥진토록 콧구멍이 벌어집니다 정상치 넘어서는 열기입니다 알몸으로 코로나가 민망하도록 달려들었다고 전해집니다

　사정이 이러했으므로,
　저 급작스럽게
　수배령이 떨어진 도시에서, 떨어져!

시시때때로 동선이 발각되다니 어제까지는 억세게 운 좋은 날입니
다 흰 마스크로 슬그머니 입술을 구겨 넣습니다

(『현대시』 2020년 7월호)

코까지 씌워놓은 마스크가 직감적으로 움찔댑니다
코로나가 연인처럼 고민합니다

　전 세계가 몸살을 앓고 있는 코로나는 그 자체로 위협적인 존재가 못 된다. '인수공수병'의 하나인 코로나는 사람의 몸에 성공적으로 침투하고 정착했을 때, 인간의 생명을 위협적인 존재가 된다. 하지만 이러한 코로나 사태는 단지 한 개인이나 집단을 병들게 하고 전염시키는 데 그치지 않는다. 그동안 당연시됐던 식생활과 성생활과 같은 지극히 사적인 영역의 삶의 일상조차 방해받기에 이른다. 특히 원치 않는 신분 노출이나 감추고 싶은 각 개인들의 은밀한 치부가 만천하에 노출시킬 수 있는 우려를 낳는다. 물론 각 개인의 절대적인 자유와 사랑을 주장하기엔 공동체의 안위와 건강 문제가 크다. 하지만 일부 권위주의 국가가 보여주듯이 그것은 자칫 개인들의 '동선(動線)'을 감시하고 절대 자유의 사적 공간마저 억압하고 감시하는 계기로 악용될 위험성을 갖고 있다. 일상의 파괴와 단절로 인한 소득 격차와 그로 인한 불평등 문제가 있다고 하더라도, 코로나 사태를 빌미로 어떤 식으로든 각 개인의 생명과 자유, 권리를 제약하거나 침해해서는 안 되는 것도 분명한 사실인 셈이다. (b)

찌릿

김응교

마스크들이 뿌옇게 서서 지하철을 기다린다. 맹인이 걷다가 스마트폰 보는 아가씨와 부닥쳤다 어구, 소리친 쪽은 맹인이다 아가씨는 전혀 놀라지 않고 맹인 팔을 잡고 빈 자리로 안내했다 마치 딸처럼 며느리처럼

마침 같은 역에서 내린 나는 맹인 팔을 잡고 에스컬레이터까지 동행했다 사위처럼, 찌릿, 아가씨에 감전됐다 저 아가씨가 어떤 사람일까 생각하는 찰나 감전된 거다 찌릿 홀리면

사막은 이끼 숨쉬고 냇물 흐르는 숲으로 변한다
여기까지 읽은 당신도 찌릿

(『시와 경계』 2020년 여름호)

사막은
이끼 숨쉬고 냇물 흐르는 숲으로 변한다

　　우연이든 아니든 서로 간의 부딪침에서 오는 '찌릿'의 순간은, 단지 살이나 뼈마디에 저린 느낌이 갑자기 세게 일어나는 감각적 상태를 지칭하지 않는다. 종국에 앞 못 보는 맹인과 아가씨가 마치 딸이나 며느리와 같이 친숙하고 호의적인 관계로 발전되는 '찌릿'의 순간은, 전혀 다른 타자에로 초월해가는 순간이자 평소 오롯이 전달될 수 없는 서로의 감정들이 찰나적으로 맞교환되는 순간이다. 지하철을 기다리다가 우연히 맹인과 아가씨 사이에 일어난 '찌릿' 장면을 본 이후 일어난 '나'의 행동 역시 그렇다. 때마침 같은 역에 내린 그 맹인의 팔을 잡고 마치 사위처럼 에스컬레이터까지 동행한 '나'의 행위는, 단연 저와 충돌한 맹인을 원망하거나 탓하지 않은 채 오히려 딸이나 며느리처럼 구는 아가씨의 고운 마음씨에 감전된 탓이다. 세상을 차갑게 둘러보거나 확인하는데 그치는 것이 아니라 서로의 마음을 들여다보는 따스한 눈이 저도 모르게 열린 결과다. 사막과도 같이 삭막한 인간관계가 살아 꿈틀대며 숨 쉬는 숲으로 변하는 순간이 '찌릿'의 순간이라고 할 수 있다. (b)

그림자의 탄생

나쁜 자들이 나쁜 일을 하려던 것은 아니었어

죽었다 살아나는 주사를 맞으며 몇 번이나 더 까무러칠지 몰라

자네 좀 달라 보이는군 그건 경솔한 생각일세 내가 걱정된다는 그런
눈빛은 뭔가

슈베르트 송어처럼 난 쓸쓸하게 혼자 죽기를 바란다네

우리는 악수하지 않지

듣도 보도 못한 비극은 어느 편도 들지 않지

그저 스윗한 거야

거꾸로 매달린 치마는 어디로 흐르고 있을까

부를 때까지 오지 않아도 좋아

모두 오지 못한다는 연락이 왔다네

우리는 조금씩 내성적일 필요가 있어

나는당신의과거를읽을수없지듣을수없지

너의 흔한 나의 미래

저녁의 장례식에서 볼게

그리 오래지 않을 거야

(『현대시』 2020년 7월호)

내가 걱정된다는 그런 눈빛은 뭔가
슈베르트 송어처럼 난 쓸쓸하게 혼자 죽기를 바란다네

의미의 간극이 큰 시는 궁금증을 유발한다. 이 시는 알 듯 모를 듯한 문장들로 이루어져 있다. 문장과 문장 사이에 여백을 둬서 의미의 거리를 예감할 수 있게 한다. 이런 시를 읽을 때는 의미를 찾기보다 의미를 만들어보는 것이 어떨까?

누군가 죽음을 앞두고 있다. 생의 마지막 단계에서 주사로 간신히 버티고 있는 상태이다. 그의 눈앞에 죽음의 그림자가 어른거린다. 죽음을 앞둔 그를 바라보는 눈길이 측은하다. 그는 슈베르트의 송어처럼 쓸쓸하게 혼자 죽기를 바란다고 한다. 슈베르트의 송어는 그 경쾌한 리듬과 달리 어부의 꾀에 속아 결국 낚이는 송어에 대한 안타까움을 노래한다. 죽음의 신이 낚아 올린다면 피할 수 없을 것이다. 그와 죽음의 그림자는 악수하지 않는다. 그는 쓸쓸하게 혼자 죽을 것이다. 아무도 오지 못한다는 연락이 왔기 때문이다. 혼자 죽어가는 비극을 담담하게 견디는 일은 감미롭기까지 하다. 그는 자신의 그림자에게 저녁의 장례식에서 볼 것을 약속한다. 이 시에서 죽음은 삶의 그림자이다. 삶의 마지막 순간 그를 기다리는 것은 오직 하나 이 그림자뿐이다. 그림자의 탄생은 죽음이 도래할 삶의 미래이리라. (c)

등교

김정원

코로나19가 휴교령을 거둬
91일 만에 다시 보는 얼굴들
늦었지만 퍽 다행이다
중간고사 출제하는데
자꾸 눈물이 난다

학생들이 없으면 나는
창가에서 썰렁한 운동장을
물끄러미 바라보거나
컴퓨터 앞에 고개를 숙이고
손가락을 까딱거리거나
쓴 커피나 홀짝거리거나
하릴없이, 빚다 만 흙덩이같이
온종일 교무실 의자에 버려진
토막 난 분필

학생들은 그 분필 토막에
교육의 생령을 불어 넣어
교사로 창조하는 하느님
교사는 하느님을 섬기는 종

살면서 하느님한테서
가장 많이 듣고 귀에 쌓은

'선생님'이라는 말,
종에게는 경건한 경전이고
뭉클한 시여서

님들을 보아야 봄이다
님들을 보아서 봄이다
님들을 보듬으니 온전한 봄이다

(『푸른사상』 2020년 가을호)

님들을 보아야 봄이다
님들을 보아서 봄이다

　"코로나19"가 가져온 일상생활의 변화 중 한 가지는 학교 교육 현장이다. 바이러스가 호흡기를 통해 전염되므로 교사와 학생이 대면 수업을 할 수 없어 부득이 비대면 형태로 수업을 진행하고 있는 것이다. 이와 같은 상황으로 제자 사랑이 지극한 작품의 화자는 "휴교령을 거둬/91일 만에 다시 보는 얼굴들"을 바라보며 "자꾸 눈물"을 흘린다. 화자는 자신이 "학생들이 없으면" "창가에서 썰렁한 운동장을/물끄러미 바라보거나/컴퓨터 앞에 고개를 숙이고/손가락을 까닥거리거나/쓴 커피나 홀짝거"릴 뿐이어서 "온종일 교무실 의자에 버려진/토막 난 분필"에 불과하다고 생각한다. 결국 "학생들은 그 분필 토막에/교육의 생령을 불어 넣어/교사로 창조하는 하느님"이고, "교사는 하느님을 섬기는 종"이라고 인식하는 것이다. 이와 같은 화자를 향해 부르는 학생들의 경건한 노랫소리가 들려온다. "스승의 은혜는 하늘 같아서/우러러볼수록 높아만 지네/참되거라 바르거라 가르쳐주신/스승은 마음의 어버이시다"(〈스승의 은혜〉). (a)

호흡의 비밀

김중일

방금 전, 초침이 손목을 긋듯 자정을 스쳐 갔을 때
지구상의 몇 명이 숨을 내쉬고, 또 들이쉬었는지
멈췄는지,
호흡들의 부력으로 지구는 간신히 제자리에 떠 있다

차가운 물을 끓이다가 보면 되살아나 커지는 물의 호흡 소리를 들을
수 있다
나는 되살아나려는 물에 죽은 물고기를 빠뜨린다
무와 두부를 잘라 넣고 맑은 탕을 끓인다

딸은 늘 죽은 듯 자는 능력을 타고났다
자기의 잠과
잠이 두부처럼 둥둥 떠 있는
조용히 끓고 있는 열감기의 호흡 주위로, 혹시 꺼져버릴라
나를 불러들이고 붙잡아두는 능력이 있다

호흡은 각자 잘 숨겨온 비밀 같은 것일지도
몸 안이 자욱해서 할 수 없이
조금씩 흘렸다가 얼른 되삼켜 누구의 주위도 끌지 않으려 조심하는
최소한의 불가피한 행위,

내 비밀은, 내가 살아서 있다는 사실

호흡하고 있다는 사실처럼
그것을 나는 자주 잊는다
나의 생존이, 내가 잊은 나만의 비밀이었다는 사실을

살아 있다는 걸 모른 채 살아가야 사는 데까지 살 수 있을지도,
백수의 내 할머니가 말했더라도
깜박깜박 잊히는, 내가 살아 있다는
나만 모르는 것 같은 비밀을 좇으려
내 숨의 온도와 소리와 물결에 구멍 난 두 귀를 띄워보지만,

잘 모르겠다
인간은 왜 호흡을 하게 진화했는지
자신도 줄곧 잊고 사는, 자신 말고는 알려는 이도 관심도 없는
알량한 비밀 때문에?
누군가, '당신이 그곳에 살아 있다'는 그 비밀을 지켜주려 그렇게 설
계했는지도

나도 알아, 하며 불현듯 터지는 옆사람의 울음
밀물과 썰물 같은 호흡 위에 띄워진 구멍 난 목선 같은 울음
호흡이 없으면, 물밑으로 가라앉지도 못할 울음

우리는 옆사람의 울음의 찌꺼기, 녹슬고 나중에 먼지나 일으킬 침전물

나무들로 쓱쓱 쓸어, 나무들 밖으로, 하루에도 몇 번씩 도시로 우리를 모아놓는다

까만 밤으로 덮어놓고

신은, 쓰레받기를 사러 갔다

그래 어서 우리를 싹 쓸어 담아 가시옵고,

두 손을 모으고 안테나처럼 위로 뽑아올려도 여태 연락 두절이다

세상은 비극으로, 가득하다

그냥 잊고 사는, 또 하나의 전형적인 비밀이다

살아 있다는 걸 잊는 편을 택한다면

그곳이 비극으로 가득하다는, 비밀도 모른 채 살아야 살 수 있어,

전생 누구의 당부였더라, 여섯 살 아이는 골똘히 생각한다

울음은, 울음 실은 더운 호흡은

혼자 창틀에 걸터앉아 하염없이 창문을, 만지지도 않고 하얗게 열었다가 닫았다가 한다

그것이 아이의 호흡에 유일하게 분장된 일과다

여섯 살 아이의 울음은 늘 혼자 그러고 있다

창문 밖 누구도 왜 그러는지 비밀을 아는 사람이 없다

어제는, 내가 하루 종일 가야 하는 곳에 있는

교회 주차장에서, 태어난 지 하루 된 아기가 호흡을 그만두었다

자신이 살아 있다는 비밀을 혼자서 하루 만에 알아차린 아기가
세상 누구보다 신속히 천국으로 돌아갔다
맑은 탕을 한 그릇 떠 아기가 돌아간 남쪽으로 둔다

(『실천문학』 2020년 봄호)

밀물과 썰물 같은 호흡 위에 띄워진 구멍 난 목선 같은 울음
호흡이 없으면, 물밑으로 가라앉지도 못할 울음

호흡은 살아 있다는 증거이자 잘 숨겨둔 비밀 같은 것이다. 호흡은 의식하는 순간 특별한 것이 된다. 살아 있다는 사실을 의식하지 않은 채 살아가는 것처럼, 우리는 호흡을 거의 잊고 지낸다. 호흡은 언제 특별해지는가? 너무 고요한 호흡이나 너무 거친 호흡은 주의를 끈다. 죽은 듯 고요한 잠은 깨질까 두려워 신경을 쓰게 되고, 갑작스레 터지는 옆 사람의 울음은 급박한 숨결 탓에 불안하다. 이럴 때의 호흡이야말로 살아 있다는 것을 실감하게 한다. 그러나 대부분의 호흡은 잊힌 채 지속된다. 오히려 "살아 있다는 걸 모른 채 살아가야 사는 데까지 살 수 있을지도" 모른다. 호흡을 잊고 사는 것이 별일 없이 살아가는 비결이기도 하다. 잊고 살아가야 편안한 또 하나의 비밀은 "세상은 비극으로 가득하다"는 것이다. 이것을 의식한다면 우리의 호흡은 늘 울음으로 힘겨워질 것이다. 교회 주차장에서 갓난아기가 하루 만에 호흡을 그만두었다는 것 같은 비극 앞에서 우리의 호흡은 편할 수 없다. 이 시에서 '나'의 딸이 들려주는 죽은 듯 고요한 호흡과 천국으로 떠나간 아기의 가냘픈 호흡은 비슷하면서도 전혀 다른 결과를 낳는다. 살아 있다는 소중한 비밀이 지켜지는 아이와 그렇지 못한 아이가 대조를 이루며 우리의 호흡을 어지럽힌다. (c)

우주 엄마

김혜순

우주는 무한하나 그 속엔 낙이 없구나(누군가의 명언)
이 알 속에는 나만 있구나(어느 달걀노른자의 명언)

엄마는 물 마시고 싶고
우주 엄마는 물 만져보고 싶고

엄마는 창밖의 푸른 하늘로 다이빙하고 싶고
우주 엄마는 검은 채널 돌려 우리 엄마 시청하고 싶고

엄마는 마지막 예금으로 아프리카에 우물을 파고 싶고
우주 엄마는 검은 우물 속에서 벗어나고 싶고

엄마는 병원에서 집에 가는 게 소원
우주 엄마는 엄마를 우주로 데려가는 게 소원

엄마는 아무것도 없는 허공을 향해 손을 허우적거리고
우주 엄마는 점점 다가오고

우주 엄마가 다가올수록 엄마는 아프고
엄마는 이제 그만 아프지 않은 곳으로 가고 싶고

머나먼 우주, 바다의 모래처럼 많은 별 중에 어디서

내가 너를 다시 만날 수 있을까

우리 엄마는 나한테 그런 소리나 하고
우주 엄마는 엄마의 몸을 깨트려 별들이 무한하게

엄마의 알을 깨고 거기 엄마 대신 노른자처럼 눕고 싶은
머나먼 우주의 검은 엄마는 딸아 딸아 내 이쁜 딸아 나를 부르며

(『시와세계』 2020년 봄호)

머나먼 우주, 바다의 모래처럼 많은 별 중에 어디서
내가 너를 다시 만날 수 있을까

생물학적이고 인간적인 실재의 '엄마'는 목이 마르면 물 마시고, 창밖의 푸른 하늘로 다이빙하고 싶어 한다. 반면에 상징적인 어머니로서 신적이고 초자연적인 존재를 나타내는 '우주 엄마'는 육신의 '엄마'가 마시고 싶어 하는 물을 만지거나 다이빙하는 장면을 시청하고 싶어 한다. 그러니까 마지막 예금으로 아프리카에 우물을 파거나 병원에서 벗어나 집에 가고 싶어 하는 엄마가 의식을 대표한다면, 저를 가두는 검은 우물 속에서 벗어나거나 실재의 어머니를 우주로 데려가는 게 소원인 '우주 엄마'는 무의식을 대표한다. 하지만 아무것도 없는 허공을 향해 손을 허우적거리는 아픈 현실의 '엄마'와 그런 엄마에게 점점 다가오는 죽음의 여신으로서 '우주 엄마'는 적대적인 관계가 아니다. 일견 대립되어 보이지만, 한 인간으로서 '나'의 성숙이 의식과 무의식 간의 순조로운 대화와 관계 맺기에 좌우된다는 점에서 두 엄마는 상호보완의 관계에 있다. 지금 '나'는 그런 두 엄마 사이에서 "그만 아프지 않은" "머나먼 우주"로 가고 싶어 하는 지상의 '엄마'를 통해 자신의 근원으로 되돌아가고자 한다. 생명을 주기도 하지만 생명을 앗아가기도 하는 창조와 파괴, 생성과 소멸의 양면적인 존재가 우리들 모두의 '엄마'인 셈이다. (b)

상자 속의 새들

김혜영

정육면체 상자 안으로 나를 구겨 넣는다 …… 먼저, 머리부터 물에 씻어 넣는다 …… 갈색 미역이 겨울 바다에 떠다녀요…… 그 다음, 기다란 사슴의 목을 넣는다 …… 엄마 어깨가 무거워요 …… 그건, 네가 두드린 컴퓨터 자판 탓이겠지 ……

정육면체 상자가 잠시 흔들린다. 엄마, 날 왜 이곳으로 보내셨나요? 아니야, 매순간 너 스스로 선택한 곳이야, 봉긋한 젖가슴을 상자에 넣는다. 갑자기 상자가 흔들린다. 상자 옆 어항의 수면이 은빛 바람에 일렁인다.

엄마, 난 군대에 가기 싫어요. 병정인형처럼 움직이는 팔놀림이 싫어요. 넌 왜 그렇게 싫은 게 많니? 국가가 부르면 국가의 부름을 따르는 거야. 법을 위반할 수는 없잖니? 엄마, 상자 안으로 들어간 바람은, 이미 죽었을까요, 무풍지대에 피는 꽃의 향기는 어디로 가나요.

아빠, 전 결혼은 하지 않을 거예요…… 결혼이라는 제도는 사슬처럼 묶어두는 장치 같아요…… 선배 언니는 이혼했는데 더 행복해 보였어요, 애야, 새장 속의 새도 자유로울 수가 있어, 아름다운 구속이란 노래도 있잖니? 아빠도 꼰대이신가요?

푸드덕, 푸드덕, 상자 속의 새들이 날개를 퍼덕거린다. 유리 테이프를 붙인 상자의 틈이 조금씩 벌어진다. 그 사이로 비치는 빛은 얼마나

먼 곳에서 날아왔을까. 우주만큼 멀어진 관계의 틈새에서 자라나는 숨
소리, 푸드덕, 푸드덕,

(『시와정신』 2020년 봄호)

유리 테이프를 붙인 상자의 틈이 조금씩 벌어진다.
그 사이로 비치는 빛은 얼마나 먼 곳에서 날아왔을까.

위의 작품에서 부모는 "엄마, 난 군대에 가기 싫어요. 병정인형처럼 움직이는 팔놀림이 싫어요."라고 자식이 말하자 "국가가 부르면 국가의 부름을 따르는 거야. 법을 위반할 수는 없잖니?"라고 답한다. 자식이 다시 "아빠, 전 결혼은 하지 않을 거예요…… 결혼이라는 제도는 사슬처럼 묶어두는 장치 같아요"라고 말하자 부모는 "얘야, 새장 속의 새도 자유로울 수가 있어, 아름다운 구속이란 노래도 있잖니?"라고 답한다. 그러자 자식은 "아빠도 꼰대이신가요?"라고 비아냥댄다. 세대 차이를 여실하게 보여주고 있는 것이다.

우리 사회에는 이념 차이, 성별 차이, 지역 차이, 종교 차이, 학력 차이 등으로 갈등이 심화되고 있다. 그중에서도 세대 차이가 가장 심각하다. 정치, 경제, 문화, 제도 등에 대한 가치관의 차이는 젊은 세대의 영향력이 커지면서 당면할 수밖에 없는데, 정보화 시대에 들어서면서 더욱 심화되고 있다. 정보통신 기술이 가져오는 속도감에 구세대들이 제대로 적응하지 못하면서 신세대들과 갈등을 가질 수밖에 없는 것이다. 구세대들이 "상자 속의 새들"을 이해하는 자세가 필요하다. (a)

탄새기*

불이 일으키는 바람이 날개보다 세
불타지 않는 나무를 찾아 헤매다 숯덩이가 되어 떨어진다
한때 너는 자유의 다른 이름
피에 절은 날개마저 혁명의 다른 이름
이름의 허무한 힘이 속절없이 떨어진다 새

아마존
멀고 먼 아마존에서
불타는 새가 도망 나온다 포장마차의 참새구이처럼
초현실적 재난에 포획된다
동틀 녘 붉은 하늘
머물 데가 없어 수직으로 내리꽂힌다
누구의 가슴을 꿰뚫어야 마땅한지도 모른 채로
화살처럼 창처럼 파편처럼

아버지 아버지는 약속하셨지
다시는 물로 멸망시키지 않으리라

먼 뒷날 땅은 기억을 토해내겠지
숯이 되어버린 이 새들의 지층에
탄새기라 이름붙이고

코알라와 캥거루와 북극곰과 거기 향유고래도 넣어줘
그러나 그 시대에는 없는 이름들을 발굴할 거다

그때 성서는 어떤 언어로 쓰여질까
꾸웩 꽥꽥꽥 꾸웩 끼야악 불타는 고통은 아무도 이길 수 없어 라는
비명?
난 몰라 내 일 아니야 난 몰라 내 일 아니야
도망자의 문신?

멸망해가는 것들이 아름다워지는 이것은
동지애일까 머잖아 나도 너에게 갈 터이니 새야 울지 마
우린 앞서거나 뒤설 뿐이야 도망의 끝에 다다르면 말이지

자코메티의 청동뼈
숯검댕 키위새의 구멍뼈
나의 손뼈
날지 못하는 날개와 쓰지 못하는 손

도시의 불기둥, 사람 타는 기둥, 그리고 나는 못 울어
숯이 되기도 전에 삼켜버렸거든, 새

고작 새가 불탄단 말이야 모든 땅에서 평화 자유 혁명 그리고 또
뭐?

* 인류세의 지질시대적 이름으로 내가 붙였음. 불타버린 새의 시대라는 뜻.

(『황해문화』 2020년 겨울호)

한때 너는 자유의 다른 이름
피에 절은 날개마저 혁명의 다른 이름

전 세계 곳곳에서 지구 온난화에 의한 기후 변화의 적신호들이 감지되고 있다. 근래의 미국이나 호주의 산불이 그중의 하나다. 지구의 평균기온 상승의 결과로 일어나 몇 달째 이어지곤 하는 산불은, 지구의 허파인 열대우림을 없애고 거기에 살던 생물종의 대규모 멸종 사태를 불러올 수 있다는 우려를 낳는다. 이에 시인은 홍수 대신 불로 심판하리라는 성서의 종말론적 예언을 떠올린다. 근본적으로 반생태적인 가치에 기반한 자본주의 문명 속에서 자유의 다른 이름인 새들이 불타지 않은 나무들을 찾아 헤매다가 숯덩이 되어 떨어지는 비극을 목도한다. 그러면서 지구의 역사에서 인류가 지구환경에 가장 큰 영향을 시기를 지칭하는 이른바 '인류세(Anthropocene)' 대신 '탄새기'라는 이름을 제안한다. 단순한 날씨 변화로 인한 재앙이 아니라 지구 문명 자체가 소멸할 수 있다는 경고를 보내고 있는 게 산불을 통해, 시인은 인류가 어렵게 쟁취한 소중한 자유와 평화, 그리고 혁명조차 한순간에 잿더미가 될 수 있음을 우리 모두에게 경고하고 있다. (b)

재미

박상률

바둑기사 이세돌과 인공 바둑 기계 알파고가 대결하고
이세돌이 은퇴할 때에도 인공 바둑 기계와 대국했다
세상이 얼마나 재미없으면 사람과 기계가 붙을까?
소설 『장미의 이름』으로 익숙한
이탈리아의 소설가 움베르토 에코
"당신의 소설엔 왜 성애 장면이 없죠?"
"하하, 나는 그걸 묘사하는 것보다
실제로 하는 게 더 재미있습니다."
인공 바둑 기계기 바둑의 재미를 알까?

(『시와문화』 2020년 겨울호)

　　과학 만능 시대 속에서 현대문명의 총아인 기술은 인간에게 많은 편의를 제공한다. 특히 날로 발전하는 기술은, 바둑 기계가 알파고가 보여주듯이 이제 그 기술을 만든 인간의 능력과 역량을 능가하는 모습을 보여주고 있다. 하지만 아무리 발전해도 기술은 모든 살아 있는 존재들이 가진 역동성을 구현해낼 수 없다. 특히 인간의 유한성 내지 불완전성과 함께 경험되는 재미를 선사할 수 없다. 예컨대 소설가가 기계처럼 성행위를 아주 정밀하고 교묘하게 묘사할 수는 있다. 하지만 그 묘사가 제아무리 실감 나게 진행되었다고 해도, 직접적인 체험의 관점에서 볼 때 피상적일 수밖에 없다. 물론 완전한 합리성 아래 계획되고 생산되는 기술문명이 인류문명을 일정 정도 진전시킨 것은 부인할 수 없지만, 그렇다고 인간들만이 느낄 수 있는 감정의 교류나 체험들을 보다 강력하게 만들어줄 수는 없다. 알파고가 우리에게 편의와 효율을 가져다줄 수 있지만, 그렇다고 변덕스런 인간의 마음조차 제멋대로 통제할 수 없는 것이다. (b)

호모 케미쿠스

박설희

당신에게 플라스틱 반지를 끼워주겠어요
지구와 함께 지속할,
유사 이래 최대 발명품
오죽하면
알바트로스가 새끼에게 플라스틱을 먹이겠어요

플라스틱 사랑,
일회용으로 만들어졌지만
검은 머리가 파뿌리 될 때까지
영원한 사랑을 맹세해요

우리의 사랑도 일회용
30년이나 갈까요?
조형은 물론 가공도 가능할 거예요
녹였다 굳혔다, 색색깔로 바꿔가며
알콩달콩 그렇게 살아요

우리 간 다음에도 오래오래 남아
거북이나 고래 뱃속에서도
사랑을 증명해줄 테지요

자, 이제
색깔과 모양만 정하면 돼요

(『리토피아』 2020년 봄호)

플라스틱 사랑, 일회용으로 만들어졌지만
검은 머리가 파뿌리 될 때까지 영원한 사랑을 맹세해요

　　"호모 케미쿠스"는 2015년 손병문·강한기가 저술한 도서명으로 화학제
품에 의존해 살아가는 인간(Homo Chemicus)을 의미한다. 직립인간인 호모
에렉투스, 이성적인 사고를 하는 인간인 호모 사피엔스를 지나 오늘의 인류를
호모 케미쿠스라고 부른 것이다. 실제로 현대인이 가정과 사무실 등에서 사용
하는 대부분 물건은 플라스틱 화학제품이다. 볼펜, 자, 전화기, 컴퓨터, 프린
터, 물병, 에어컨, 카드⋯⋯.

　　따라서 화학제품에 의존하고 있는 우리의 삶을 다시 살펴볼 필요가 있다.
화학제품으로 우리의 삶이 편하고 풍요로운 면만 있는 것이 아니라, "유사 이
래 최대 발명품"이어서 "오죽하면/알바트로스가 새끼에게 플라스틱을 먹이"
는 상황을 인식하고 화학산업이 지구의 환경에 얼마나 영향을 미치고 있는
지를 따져볼 필요가 있는 것이다. 화학제품이 "우리 간 다음에도 오래오래 남
아/거북이나 고래 뱃속에서도/사랑을 증명해"주어서는 안 되지 않겠는가. (a)

간절기

박완호

　환절기를 보내고 나면 또 다른 환절기가 찾아왔다. 사랑 뒤에 사랑이, 이별 뒤에 이별이. 환절기에서 환절기로 가는 어디쯤에서 삶은 마지막 꽃잎을 떨구려는 건지. 죽음 너머 또 다른 죽음이 기다린다는 말을 들어본 적 없다. 죽음은 늘 다른 누군가의 것이어서, 나는 내내 아파하기만 했을 뿐. 환절기와 환절기 사이, 좁고 어두운 바닥에 뿌리를 감추고 찰나에 지나지 않을 한 번뿐인 생을 영원처럼 누리려는 참이었다. 또 하나의 환절기가 지척에 다다르고 있었다.

(『문학청춘』 2020년 겨울호)

환절기에서 환절기로 가는 어디쯤에서
삶은 마지막 꽃잎을 떨구려는 건지.

계절이 뒤바뀔 때마다 겪어내는 '나'의 사랑과 이별의 몸살이 그렇다. 그때
마다 주기적으로 앓기 마련인 생의 진통들은, 지난 환절기의 기억들이 '나'의
삶의 형식이나 근거가 되지 못하고 있는 데서 온다. 어떤 사실 속으로 들어가
그걸 인식하고 승인할 때 자기 자신의 자유로운 본질에 충실하면서 다시금 흩
어진 삶의 조각들을 재조직할 수 없을 때 발생한다. 하지만 환절기마다 겪는
이러한 아픔들이 딱히 나쁜 것만은 아니다. 한 번뿐인 생을 더욱 곡진하고 간
곡하게 만드는 까닭이다. 무엇보다도 죽음 앞에 선 인간처럼 뭔가를 더없이
지성스럽고 절실하게 바라는 마음의 '간절기'를 신물하는 까닭이다. 달리 말
해, 우리가 어떤 사실을 의식하고 있다는 사실은 외면적으로 그것에 대해 알
고 있다는 의미하지 않는다. 어떤 생의 순간들을 이미 지나간 것으로 취급함
과 동시에 현재의 의식으로 뭔가를 소환하고 고양시키고 있다는 것을 드러낸
다. (b)

카톡왔숑, 왕년은 어디로 갔나

박제영

꼬끼오 꼬끼오 새벽닭 울 듯

아침마다 울리는

카톡왔숑 카톡왔숑

단톡방을 두드리는 소리

외국 보낸 마누라랑 딸래미가 보고 싶다고

카톡왔숑

다음 달 명퇴한다고, 치킨집 문 닫는다고

카톡왔숑 카톡왔숑

새벽 거시기가 거시기했던 것이 언제였는지 모르겠다고

카톡왔숑

아침마다 힘내라고 기운 내라고 카톡왔숑

서로의 사정을 어루만진다는 것이 카톡왔숑

결국에는 너도 징징 나도 징징

하소연으로 끝을 맺는 것이니

카톡왔숑 카톡왔숑

왕년은 어디 갔나

한가락 했던 왕년은 어디로 갔나

카톡왔숑

생각하면 너나없이 서러운 것인데

괜찮다 괜찮다며

카톡왔숑 카톡왔숑

오늘도 징징거리며
서로의 안녕과 안부를 묻는 것인데

(『황해문화』 2020년 여름호)

스마트폰이 널리 공급된 이후 이른바 '단톡방'을 중심으로 아침마다 울리는 '카톡'이 그 옛날 아침잠을 깨우던 새벽닭을 대신한 지 오래다. 다양한 목적과 관계에 따라 필요한 정보를 공유하거나 친분관계를 유지하기 위해 여러 사람이 쉽게 대화를 나눌 수 있는 메신저 프로그램이 우리들 생활의 한 풍경을 만들고 있다. 문제는 이러한 메신저 채팅방이 때론 필요 이상으로 일상사를 간섭해 들어온다는 점이다. 그럼에도 불구하고 시인은 필시 반갑고 좋은 소식들만 전해오는 것이 아닌 카톡의 역기능을 애써 이해하고자 한다. 모두 한가락씩 했던 청춘들이 이제 "너나없이 서러운" 인생의 본질에 깊이 공감하며 서로의 안녕과 안부를 물을 수 있는 것만으로 "카톡왔숑"은 그 기능과 소임을 다하고 있다고 생각한다. 서로가 바빠서 직접 만나서 하소연하지 못하거나 털어놓지 못하는 얘기를 소통하고 교감하는 현대판 소공동체이자 사랑방 역할을 하는 것이 '단톡방'의 세계인 셈이다. (b)

다시 방산장터에서

박제천

이 한밤중에 장터거리는 왜 가시나

거기, 내 집이 있다오

들끓던 사람들, 모두들 집으로 돌아가면
빈 좌판들, 천막을 둘러친 가건물

이국의 술병들, 초콜릿 상자에 반짝이는 풍경들,
홀러덩 치마가 뒤집힌 마릴린 먼로와
스카치와 시가를 짓씹던 커크 더글러스,
제 세상 만난 한 토막 인형극,

한바탕 웃으며 탭댄스를 추는
서양 배우들,
히치콕의 스릴러에 놀라 깨어나는 한밤중,
거기 내 집이 있었다오

방산장터,
장자랑 한비자랑 와인을 마시는 밤,
다시 보고 싶은 영화,
달빛 영사기에서 흘러나오는 내 10대의 멋진 영화였다오.

(『문학사상』 2020년 4월호)

기억은 단순히 지나간 것을 현재의 것으로 표상하고 있는 것이 아니다. 깊은 마음의 저변에서 무의식으로부터 현전해오는 것을 보호하거나 감추는 것을 의미한다. '나'의 십 대 시절의 추억이 온통 서려 있는 '방산시장'이 그렇다. 전후(戰後)의 폐허 속에서 주로 미군부대를 통해 흘러나온 양주들과 도서, 그리고 히치콕 영화 등이 유통되던 방산시장은 단지 싸구려 미국 문화를 체험하던 장소 중의 하나가 아니다. 언제 어디서나 이미 그리고 미리 깊이 사유되고 싶어 했던 소중한 기억의 저장고이자 '나'의 정신을 살찌운 지적 저수지의 하나다. 비록 외국어지만 청소년기 '방산시장'에서 흘려들은 미군들의 영어 대화가 마치 어머니의 말처럼 들려오는 방산시장은, 성장기의 '나'에게 지적 자양을 제공한 추억의 원형질이자 언제든 어머니의 사랑을 느끼게 하는 잊지 못할 회상의 장소이다. 삶의 의욕을 잃을 때마다 '나'에게 순철(純鐵) 같은 추억의 심지를 켜서 내면의 힘을 북돋아주는 게 '방산시장'이라 할 수 있다. (b)

몰래가 인생인 인생

박찬일

　몰래 밥 먹느라 수고 많았소 몰래 살다 살다 몰래 사느라 수고 많았어요 몰래 죽느라 수고 많으셨어요 몰래 살지 않으려는 꿈은 이루어지지 않는 꿈. 몰래 걷고 몰래 글 쓰고 몰래 숨 쉬고 아무튼 수고하셨습니다 수고 많으셨습니다.

(『시와표현』 2020년 겨울호)

몰래 걷고 몰래 글 쓰고 몰래 숨 쉬고
아무튼 수고하셨습니다

누구들 투명하게 살고 싶지 않겠는가. 우린 한 인간으로서 되도록이면 '몰래' 죽거나 살지 않으려는 꿈을 갖고 있다. 하지만 엄밀히 말해 그건 불가능한 이상일 뿐이다. 그 누구든 예외 없이 몰래 걷거나 숨 쉬며 글 쓰며 살아갈 수밖에 없다. 적당히 정의롭고 적당히 불의한 스스로의 삶의 수고와 애처로움에 깊은 연민과 격려의 말을 건넬 수밖에 없다. 그러니까 모두가 인정하고 알 수 있게 하는 투명한 삶만이 가치 있는 것은 아니다. 만일 그렇다면 삶은 고루해지고, 투명함은 집요함으로 변질되고 전도된다. 간혹 남몰래 밥을 먹거나 생활할 수밖에 없는 저간의 사정은 여기에서 비롯된다. 우린 가능한 한 떳떳하고 정의롭게 살아가고자 애쓰지만, 인간은 언제나 기우뚱 엇나가기 마련인 욕망적 존재이다. 특히 우린 남들에게 곧잘 적용하는 삶의 기준을 제 자신과 가족들에게 적용하기 어려운 실존적 곤경에 곧잘 처할 수밖에 없는 존재라고 할 것이다. (b)

빛에 대하여

박철

과자 몇 개를 훔치고
나 좀 잡아가세요 하는 노인의
외로움은 쪽빛일 것이다
붙들려 온 노인에게
이렇게는 감옥에 못 보냅니다
고개 숙여 연고자를 찾는
젊은 경찰의 제복은 감자빛일 것이다
시작과 끝이 없는 역사의 겉장은
황토빛일 것이고
등을 맞대고 팔을 가로지른 채
강가에서 맴도는 나룻배의 한숨은
창호빛일 것이다
그러나 그 누구도 부러 하는 일이나
부러 생기는 빛은 없다
꽃으로 마음을 전할 수 있는 것도
빛이 함께 뛰어가기 때문
더듬이처럼 부드러운 말들 속에도
도저히 물리칠 수 없는 빛깔과
감당키 어려운 폭풍이 일고
어제 한 가족의 실종을 지켜보던
그 가슴은 물끄러미빛이었다
나에게 지친 봄
아주 멀리 떠난 아들 내외라든가

내일은 쉬는 날 쉬는 달 쉬는 해라 해도
개미들이 줄지어 장미 줄기를 오르듯
뒷산 모퉁이 돌면 바라뵈는
아직 반듯한 채석장 울타리는 쇳물빛일 것이다
그러나 내가 떠나왔다는 어느 먼 곳으로
시간은 되돌아가지 않고
등불을 켜라 살아내야 하니까
나는 오늘 하나의 빛을 잃은 채
나무 환한 세상 앞에
눈이 부시다
그렇다 해도 이 밤
칠흑빛 속도로 감옥으로 가는 나를
잡는 이 하나 없단 말이냐

(『창작과비평』 2020년 봄호)

꽃으로 마음을 전할 수 있는 것도
빛이 함께 뛰어가기 때문

　　색감이라는 말이 있다. 색에도 느낌이 들어 있기에 생긴 말일 것이다. 이
시에서는 다채로운 이름의 빛깔로 색감보다 더 섬세하고 풍부한 느낌을 표현
한다. 헐벗고 외로운 사람들의 사연을 실감 나게 표현하는 데 능숙한 시인이
이 시에서는 인상 깊은 빛깔로 그것을 그려낸다. 첫 장면에서는 가난하고 외
로운 노인이 등장한다. 노인이 과자를 훔친 것은 감옥에 들어가기 위해서이
다. 오 헨리 소설의 등장인물처럼 감옥에 가려고 애쓰는 노인의 처지가 딱하
다. 그의 암담하고 힘겨운 삶은 쪽빛으로 표현된다. 노인의 연고자를 찾으려
애쓰는 젊은 경찰의 제복은 감자빛으로 소박하고 온화한 느낌이다. 이 밖에
도 황토빛, 창호빛, 쇳물빛, 칠흑빛 등 색상표에 없는 빛깔들이 형언하기 힘
든 대상이나 분위기를 담아낸다. 심지어 어느 가족의 실종을 지켜보는 가슴은
'물끄러미빛'으로 표현되기도 한다. 흔치 않은 사연과 안타까운 마음들이 세
상에 없던 빛의 이름들을 만들어낸다. 이런 처연한 마음의 빛들이 모여 세상
은 온갖 빛으로 난만하다. (c)

커피공장이 있던 동네

박홍점

매일매일 밥 타는 저녁
온 동네를 점령하던 밥 타는 냄새

피로인가 우울인가 기면인가
그렇지 않고서야 매일 저녁 밥을 태울 수는 없어

연민의 감정이 해바라기만큼 자라서
방향도 모르고 기웃거렸어
낯모르는 사람을 외로운 여자로 규정했어
밥 타는 냄새가 내 방까지 도착했을 때
베란다에서는 벤자민 한 그루가 물색없이 푸르게 자라고

숨을 토해내듯 슬리퍼를 끌고 동네 서점에 들렀어
한쪽 무릎을 접고 앉아야 겨우 제목을 읽을 수 있었던
『외롭고 높고 쓸쓸한』*, 『빗방울에 대한 추억』**
페이지를 뒤적이면서 문지방을 넘을 수 있겠다는
희망과 위로를 채굴했어

나중에 알았어
집 앞에 커피공장이 있었다는 것을
아무튼 두 권의 시집을 샀고
밥 타는 냄새 아니 볶은 커피 향기 펄럭이던 동네

구름 관찰하기 고구마 줄기로 손가락 색칠하기
골방에서 여행하기, 거울 들여다보기는 그렇게 시작되었어
커피향이 우울을 밀었다가 당겼다가 다시 밀던
효성동

* 안도현 시집
** 김형수 시집

(『시인정신』 2020년 겨울호)

일반적으로 후각은 단순히 신체의 반응 가운데 하나가 아니라 깨끗함과 더러움, 향긋함과 역겨움을 구분하기 십상인 분리의 감각에 해당한다. 하지만 "매일매일" "밥 타는 냄새"가 "온 동네를 점령"했다고 생각했던 시절의 "볶은 커피 향기"는 이와 다르다. 순전히 개인적인 피로와 우울, 혹은 기면증(嗜眠症) 때문에 밥 타는 냄새로 착각했던 커피 향은 스스로 분리되고 고립된 생활공간으로 여겼던 낯선 '효성동'과 하나로 연결시켜주는 촉수다. 삶의 방향을 잃은 채 가쁜 숨을 내쉬며 방황하던 시절에 한 가닥 내적인 희망과 위로를 전해주는 메신저의 하나다. 비록 까닭 없는 우울감에 시달리던 시절이었지만, 시인은 그 커피 향 덕분에 두 권의 시집을 사는 용기를 낸다. 구름을 관찰하거나 고구마 줄기로 손가락을 색칠하기 등을 통해 잃어버린 자존감을 회복하고 존재의 본질로 회귀한다. 모든 경계를 허무는 커피 향을 통해 사회적 주체로 거듭난 바 있다. (b)

기차에 대해서

백무산

달리는 기차를 본다 멈추지 않는 기차를
멈추지 않아 아무나 탈 수 없는 기차를
그만 내리고 싶어도 내릴 수도 없는 기차

기차의 속도로 달려야만 탈 수 있는 기차
내리고 싶을 때 내리는 자는 치명상을 입는다

세워주지 않는 저 기차에 우리 모두가 이미 타고 있다
탈 수 없는 기차를 이미 타고 있는 것은 악몽이다
기차가 멈추지 않고 달릴 수 있도록 우리는
몸을 던져 연료가 되는 자들이다

기차를 세울 수 없는 것은
기차의 목적지는 기차 안에 있기 때문이다

목적지가 있는 사람은 기차를 탈 권리가 없다
기차의 목적지는 달리는 속도에 있다

저 기차가 왜 우리에게 있을까 아무도 묻지 않을 만큼
우리는 내릴 수 없는 기차를 타고 있다

(『신생』 2020년 가을호)

목적지가 있는 사람은 기차를 탈 권리가 없다
기차의 목적지는 달리는 속도에 있다

자본주의 체제는 증기기관을 발명한 이후 속도를 지속적으로 높여와 어느덧 고속철도의 시대를 지나고 있다. 고속철도는 자본가의 이익 창출을 위해 토지나 하인이나 공장의 소유를 대체하는 기술과 정보를 실어왔다. 그리하여 자본주의 체제에서 살아가는 사람들은 자기 이익을 창출하기 위해 기술과 정보의 속도를 추구하고 있다. "멈추지 않아 아무나 탈 수 없는 기차를/그만 내리고 싶어도 내릴 수도 없는 기차"를 타고 있는 것이다.

자본주의 체제에서 삶을 영위하는 사람들은 "기차의 속도로 달려야만 탈 수 있는 기차"를 욕망하고 있다. "내리고 싶을 때 내리는 자는 치명상을 입"을 수밖에 없다. 사람들이 "기차를 세울 수 없는 것은/기차의 목적지"가 "기차 안에 있기 때문이다". 그리하여 사람들은 목적과 수단이 전도된 삶을 영위하고 있다. 사람들이 보다 많이 소유하고 싶어 하는 탐욕을 멈추지 않는 한 이와 같은 상황은 계속될 수밖에 없다. "우리는 내릴 수 없는 기차를 타고 있"는 현실을 어떻게 할 것인가? (a)

미란다 원칙
— 와병의 계절

서안나

당신은 불결한 전문가
당신은 당신 자신을 변호할 수 없으며
등에 강철 날개가 돋을 것이며
비늘이 돋고 비린내가 나고 비천하며
지상의 모든 고통이 당신의 침대에 머물 것이며
혀와 두 손과 두 발을 뽑아 던질 것이며
피와 물과 공기를 제공받지 못할 수 있으며

당신은 살 수도 죽을 수도 없어
한껏 치솟아 오를 수 있으며
협곡과 산맥과
빛나는 것들의 처음이 될 수도 있으니

당신은 나를 꽃으로 밀어냈으니

(『시와사상』 2020년 겨울호)

협곡과 산맥과 빛나는 것들의 처음이 될 수도 있으니

당신은 나를 꽃으로 밀어냈으니

일반적으로 '미란다 원칙'에서 수사 주체는 범죄 용의자를 체포할 때 체포의 이유와 더불어 변호인의 조력과 진술 거부 등의 권리가 있음을 미리 알려주어야 한다. 하지만 여기서 이러한 '미란다 원칙'의 고지자는 피의자에게 사법적 변호권을 친절하게 알려주는 자가 아니다. 오히려 미리 피의자의 죄를 단정하면서 피의자의 자기방어권 행사를 방해하는 자에 불과하다. 더 나아가, 지극히 사적인 감정 차원에서 피의자에게 저주와 심판의 막말을 행하는 자에 지나지 않는다. 하지만 그 피의자가 바로 다름 아닌 '나'라면 이런 무법적이고 무례한 고지 행위는 결코 비정상적인 것이 아니다. 바로 "살 수도 죽을 수도 없"는 삶의 곤경이나 실존적 상황에 직면한 '나'의 처지를 냉정하고 정확하게 짚어주는 엄정한 행위 가운데 하나다. 어쩌면 또한 그것은 우리로 하여금 "빛나는 것들의 처음"이 되게 하거나 "나를 꽃으로 밀어"내는, 그 어떤 철저한 자기반성이나 자기성찰을 통한 세계이해의 한 방법일 수 있다. (b)

도시의 규격

서영처

　한 집 건너 한 집이 치킨점이다 한 집 건너 한 집이 커피점이다 두 집 건너 한 집이 편의점이다 두 집 건너 한 집이 김밥집이다 거리마다 전봇대 간격이 일정하다 시내버스 발차 간격이 일정하다 아파트단지 동과 동 사이 햇빛과 그림자 간격이 일정하다 담보대출 상환날짜가 일정하다 가로수들 잠들지 않는 봉분을 하나씩 이고 발목 묶인 가로등의 간격이 일정하다 그렁거리는 가로등의 눈망울 주말에도 영세한 작업장엔 파우스트를 그리워하며 실을 잣는 여공들

　개입하는 점집 옆의 타투 가게 성인용품점 성업 중인 비밀도박장 옆의 가발전문점 파출소 폐업하는 24시 마사지 숍 아래 24시 국밥집 차양이 눈꺼풀처럼 무겁다 보도블록 위 껌 자국이 총총하다 블록 틈마다 꽁초가 촘촘하다 칸칸마다 청구서처럼 입주한 사람들 규격 속에 들어가면 안심이야 도시는 가로수를 세로로 심는다 고아나 다름없는 가로등을 모퉁이에 세운다 공단 위로 매연을 마시고 양순해진 구름이 떠다닌다

　내 잠과 네 잠 사이를 회유하는 귀신고래 등 위에 따개비처럼 다닥다닥 들러붙은 꿈들 내 불안과 네 불운을 가로지르며 부침하는 섬들

(『창작과비평』 2020년 봄호)

언제부터인가 어느 도시를 가도 느낌이 비슷비슷하다. 일정한 규격에 따라 찍어낸 듯한 도시가 대부분이다. 이 시에서 묘사하는 '도시의 규격'은 아주 익숙해진 도시의 풍경을 담고 있다. 치킨집, 커피점, 편의점, 김밥집이 일정한 간격으로 도열해 있고 아파트의 간격도 일정하다. 아파트마다 담보대출 상환날짜도 일정하다. 모두가 비슷한 처지로 이곳에 깃들어 사는 것이다. 도시의 가로수나 가로등조차 일정한 간격으로 질서 있게 자리 잡고 있다. 그것들을 수식하는 푸른 "봉분"이나 "발목 묶인" 등의 시어는 이런 규격화된 도시의 모습에 대한 거부감을 내포하고 있다. 도시의 그늘진 곳에는 주말에도 일하는 여공들이 있다. 가능하다면 파우스트처럼 영혼이라도 팔아 그곳을 벗어나고 싶어 하는 이들이다.

도시의 음화 역시 거의 규격화된 양상이다. 점집, 타투가게, 성인용품점, 비밀도박장 등이 즐비하고 밤새 이곳을 찾는 이들을 상대하는 24시 국밥집도 당연히 함께 있다. 보도블록 위의 껌 자국과 담배꽁초의 간격도 촘촘하고 일정하다. 이러한 풍경이 일정하게 펼쳐지는 공단의 하늘 위로는 매연이 섞인 무거운 구름이 떠 있다. 이것이 과연 우리가 꿈꾸던 도시인가. 도시의 답답한 규격 속에 갇혀버린 사람들의 협소한 꿈은 "귀신고래 등 위에 따개비"라는 적실한 비유를 얻는다. 귀신고래가 어디를 향해 가는지도 모르면서 따개비들은 다닥다닥 들러붙은 채 꼼짝하지 못한다. (c)

대밭 일기

서정춘

비 갠 뒤
대밭 속
여기저기
개똥 자리에
죽순이 올라 있다
개똥 먹은 죽순
굳세어라
竹竹

(『문학청춘』 2020년 겨울호)

　　얼핏 볼 때 더럽고 냄새나는 사물을 대표하는 개통과 때 묻지 않는 푸름을
간직한 어린 대나무는 서로 대척점에 서 있는 것처럼 보인다. 시각적이고 후
각적으로 더러움과 깨끗함, 불쾌함과 향긋함을 대표하는 게 개통과 죽순이
다. 하지만 그건 순전히 인간의 편견일 뿐, 개통 먹은 죽순일수록 더 크고 건
강하다. 대지의 살이자 피이며 영혼인 개통을 먹고 죽순은 그야말로 "죽죽(竹
竹)" 자란다. 따라서 심층적인 차원에서 볼 때 죽순과 개통은 서로 배척의 관
계가 아니다. 전혀 무관하게 보이지만 궁극적으로 서로 도우면서 밀접한 관계
를 맺는 사이다. 우리가 살고 있는 지금 여기의 세계 역시 그렇다. 분명 서로
경쟁하고 투쟁하는 것처럼 보이는 것들일지라도 높은 수준에서 볼 때 우리가
살고 있는 세계는 분명 죽순과 개통처럼 공창조적 통일체를 이루고 있다. (b)

너의 새를 부탁해

설하한

사람들이 죽은 나를 들것에 실어나른다

새는 이해하지 못한다 사람들이 나를 어디론가 데려가는 것을 이해하지 못하고 자신이 홀로 남겨지게 될 것이라는 걸 이해하지 못한다

새는 새장에 숨어 소리지른다 있는 힘껏 소리지른다

나는 그 소리가 공포에 질린 소리라는 것을 안다 사람들에게 나를 내려놓고 여기서 나가라고 요구하는 소리라는 것을 안다

사람들은 새가 소리지르는 것을 개의치 않는다

나는 새를 도울 수 없다 새의 머리를 쓰다듬으며 다 괜찮을 거라고 저 사람들은 너를 해치지 않을 거라고 나를 해치지도 않을 거라고 이야기해 줄 수 없다

사람들이 떠나고 새는 혼자 남는다 텅 빈 방에서 새는 어찌할지 모른다

내가 살아 있었을 때에는

할일이 있었다 누군가가 울고 있었는데 그때 나는 사람들 중 하나였고 할일이 있었다

나는 되뇌곤 했다 사람들은 저마다 주어진 슬픔이 있다 당신에게는 당신에게 주어진 슬픔이 있고 나에게는 나에게 주어진 할 일이 있었는데

슬픔만 있다

새는 조심스럽게 방을 나선다

죽었는지 살았는지 생사만이라도 알고 싶어요 울면서 가슴을 몇 번이나 내리치는 사람을 본 적 있다

못이 박힌다 관이 단단히 닫힌다
내 시신은 연기가 되고 재가 되었는데
새는 두리번거리며 온 집안을 돌아다닌다
새는 나를 보지 못한다
새는 나를 보지 못한다

내 뼛가루가 단지에 담긴다
새야 너는 누운 내 위에
엎드려 있는 것을 좋아했지
나는 널 위해 일찍 귀가를 했고 자주 누워 있는 사람이 되었다
그런 게 길들임이라면 길들임이겠지만
내가 너의 깃을 잘랐다
네가 날다가 유리창에 머리를 부딪히는 것을 막기 위해
창문을 열었을 때 위험한 바깥으로 네가 날아
가는 것을 막기 위해
우리가 함께 살기 위함이었지만
내가 너의 깃을 잘랐지
그런 게 길들임이라면 길들임이겠지만
불에 탄 물질의 분자구조가 변하듯 어떤 관계는 되돌릴 수 없는 형
태로
한쪽을 불태운다

모여서 울고 있는 사람들이 있다

함께 촛불을 든 사람들이 있다 서로의 슬픔에 길들여져서

검게 그을린 사람들이 있다 나는 바깥에서 그들을 지켜본다

나는 유난히 말을 잘 들어주던 사람에게 그래서 자주 울상이던 사람에게

내가 죽게 되면 새를 부탁한다고 농담을 하곤 했다

그가 나의 새를 데려간다

그는 새의 두리번거림을 이해하는 사람이 되고 자주 누워 있는 사람이 된다

이제 나의 새를 부탁해

먼지와 병균으로부터 추위와 배고픔으로부터 황조롱이와 고양이로부터 슬픔과 슬픔으로부터

안에서 안으로부터

(『문학동네』 2020년 봄호)

함께 촛불을 든 사람들이 있다
서로의 슬픔에 길들여져서 검게 그을린 사람들이 있다

죽은 자가 화자가 되어 이야기하는 문학작품에서는 주체와 타자의 거리가 축소된다. 저의 죽음을 감지하게 된 화자는 산 자들이 이해하지 못하는 상황을 직관적으로 파악하고 벌어지는 일들을 속속들이 들여다본다. 상황을 바꿀 수는 없지만 뚜렷하게 인지한다. 타자에 밀착하여 그들의 마음과 행동을 투시한다.

이 시에서는 '죽은 나'가 기르던 '새'를 염려하는 마음을 그리고 있다. '죽은 나'는 홀로 남게 된 새가 얼마나 두려움과 공포에 떨고 있는지를 잘 안다. '죽은 나'에게는 '슬픔'과 '주어진 할 일'이 있었는데 이제는 '슬픔'만이 남아 있다. '나'는 몸을 잃고 영혼만이 떠돌고 있다. 연기와 재가 되어 사라진 '나'를 찾아 새는 온 집안을 돌아다닌다. 뼛가루가 단지에 담기며 '나'는 새와 나누었던 '길들임'의 시간을 회상한다. '나'는 새를 위해 일찍 귀가하고 자주 누워 있는 사람이 되었고 새는 깃을 자르고 '나'의 집에만 기거하게 되었다. 이들은 "불에 탄 물질의 분자구조가 변하듯" "되돌릴 수 없는" 관계를 형성하게 된 것이다.

'나'와 '새'의 관계는 나아가 "함께 촛불을 든 사람들"로 확장된다. 이들은 서로의 슬픔과 검게 그을린 가슴을 함께 나누며 "되돌릴 수 없는" 관계로 녹아들게 된 사람들이다. 이제 '나'의 새는 '그'에게로 가서 함께 살게 된다. '나'와 새가 서로를 길들였듯이 '그' 또한 새와 각별한 관계를 이루게 될 것이다. '너의 새를 부탁해'라는 제목은 '나'의 새가 온전히 '너'의 새가 되기를 바라는 염원을 담고 있다. 이는 슬픔만 남은 채 주어진 할 일을 할 수 없는 죽은 자가 산 자에게 전하는 간절한 전언이다. (c)

이따 봐, 벚꽃

성향숙

닫힐 듯 문은 어색하게 열려 있다
이따가 봐, 결코 의심하지 않은 약속과
이따, 라는 너의 시간

바다는 맨발로라도 뛰어들어가 휘젓고 싶은
넘지 못할 언덕의 이름으로 높아져
벚꽃이 피었다 져도
꽃 진 자리에 작은 지구가 매달려도

바다는 언덕으로
너의 이름은 모두의 입으로 나눠 가진다
떨어진 벚꽃처럼 입에서 입으로 잘게 부서진다
너의 계절이 구름처럼 흩어져도
내 손엔 이따, 라는 시간이 진땀처럼 쥐여져 있다
벚꽃이 열 번 피었다 져도

이따 봐, 웃던 약속은 저리도 굳건한데

조금만 더 있다가 벚꽃

사거리 구석진 그늘에 검은 운동화를 두고 이따가,

너의 이름을 허공에 날리고 이따가,

약속은 어데 두고 아직, 언덕

(『문학청춘』 2020년 봄호)

바다는 언덕으로 너의 이름은 모두의 입으로 나눠 가진다
떨어진 벚꽃처럼 입에서 입으로 잘게 부서진다

　"이따가 봐"는 "결코 의심하지 않은 약속"이다. 절대적으로 "너의 시간"
과 나의 시간이 결합된 것이다. 그런데 "바다는 맨발로라도 뛰어들어가 휘젓
고 싶은/넘지 못할 언덕의 이름으로 높아"지고 말았다. "벚꽃이 피었다 져도/
꽃 진 자리에 작은 지구가 매달려도" 사라진 "너의" 약속 시간은 돌아올 수 없
다. 그리하여 "너의 이름은 모두의 입으로 나눠 가"질 뿐이다. "떨어진 벚꽃처
럼 입에서 입으로 잘게 부서"질 뿐이고, "너의 계절이 구름처럼 흩어져"갈 뿐
이다. "내 손엔 이따, 라는 시간이 진땀처럼 쥐여져 있"지만 어쩔 수 없다. "빚
꽃이 열 번 피었다 져도//이따 봐, 웃던 약속은 저리도 굳건한데" 이 불가해한
운명 앞에서 화자는 안타까워한다.
　"이따가 봐"란 약속은 얼마나 친근하고 믿음직스러운가. 그런데도 그것이
"너의" 의도나 실수에 의해서가 아니라 타자에 의해 지켜질 수 없다면 얼마
나 안타까운가. 그것을 운명이라고 받아들여야 하는가. 경기도 안산시에 있
는 단원고등학교 학생 325명을 포함해 476명의 승객을 태우고 인천항을 출발
해 제주도로 향하던 세월호가 2014년 4월 16일 전남 진도군 앞바다에서 침몰
한 세월호 사건도 그러했다. 승객들이 지인에게 남긴 "이따가 봐"라는 약속은
얼마나 친밀하고 확실한가. 그 약속을 깬 운명은 얼마나 가혹하고 원망스러운
가. (a)

광부 2

성희직

전생에 그 무슨 죄 지었기에
두 개의 하늘을 이고 사는가

지하 수백 미터 땅굴 속에서
하루 여섯 시간
두더지는 그래도 맨몸이어서 좋으련만
몸무게보다 무거운 갱목 한 짐 등에 지고
막장까지
낮고 경사진 승갱도 100여 미터

생이빨 질겅질겅 씹어가며
네 발 달린 짐승처럼
기고 또 기어오르면
턱 끝에 차오르는 가쁜 숨에
방진마스크를 벗어 던지면
몇 분이 채 못 되어 목구멍이 칼칼해져
칵! 하고 내뱉은 가래침은
선혈보다 더 짙은 검은 덩어리

속옷까지 흠뻑 젖어 잠시 쉬는 시간
연탄 한 장에 천 원은 해야 한다는
동료들의 넋두리를
저기

햇빛 밝은 곳에 사는 사람들은
알기나 하는지…

도시에 또래의 젊음들이
사이키 조명 아래 몸을 흔드는 시각
을방작업 마친 피곤한 몸을
퇴근 버스에 실었다

(『푸른사상』 2020년 겨울호)

몸무게보다 무거운 갱목 한 짐 등에 지고
막장까지 낮고 경사진 승갱도 100여 미터

위의 작품의 "광부"는 "두 개의 하늘을 이고 사는" 존재이다. 다른 직업인들과 다르게 "지하 수백 미터 땅굴 속에서/하루 여섯 시간" 탄을 캐는 동안 또다른 하늘을 이고 살기 때문이다. 채광하는 작업도 맨몸으로 하는 것이 아니라 "몸무게보다 무거운 갱목 한 짐 등에 지고/막장까지/낮고 경사진 승갱도 100여 미터"를 "생이빨 질겅질겅 씹어가며/네 발 달린 짐승처럼/기고 또 기어"올라가야 한다. 그러므로 "각! 하고 내뱉은 가래침은/선혈보다 더 짙은 검은 덩어리"이다.

광부들은 "도시에 또래의 젊음들이/사이키 조명 아래 몸을 흔드는 시각"에 목숨을 걸고 석탄을 캐었다. 그러다가 갱도가 무너지거나 가스 폭발로 매몰되어 목숨을 잃은 이들이 많았다. 살아남은 광부들도 진폐증으로 고통을 겪고 있다. 다른 직업보다 노동 조건이 열악할 뿐만 아니라 고용 구조에 모순점이 많아 막장 직업으로 불리기도 했다. 우리나라의 산업 발전에 필요한 에너지를 제공하기 위해 헌신한 광부들이 이고 살았던 "두 개의 하늘"은 어둡고도 무겁다. (a)

전태일은 살아 있다

송경동

신문팔이… 구두닦이… 시다…
미싱사… 재단사… 건설일용공…

그 그늘 속에서 인간의 빛을 본 청년!
고통과 차별 속에서 정의와 연대의 소중함을 배운 청년!
자신의 차비를 덜어
어린 시다들에게 풀빵을 사 먹이던 따뜻한 청년!
억압받는 이들이 노예의식을 버리고
자유인으로 조직되어야 한다던 청년!
똑똑하고 약은 인간이 되기를 거부하고
'바보회'와 '삼동회'를 만든 청년!
나를 죽이고 나를 버리며 가마
스물두 살, 자신의 몸을 불사른 청년!
우리는 기계가 아니다!
근로기준법을 지켜라!
내 죽음을 헛되이 하지 말라!

영원히 꺼지지 않는 인간해방의 불꽃
청년 전태일은 살아 있다
높고 고귀한 이름으로 어느 기념관에 서 있지 않고
피압박 인민들의 고단한 삶의 곁에 이름 없이

오늘도 절규하며 싸우는 이름 없는 전사들 곁에

소리 없이

(『푸른사상』 2020년 봄호)

나를 죽이고 나를 버리며 가마
스물두 살, 자신의 몸을 불사른 청년!

한국 사회에서 전태일은 노동운동의 상징적인 존재이다. 노동문제의 해결을 위한 노동자의 집회가 열리거나, 산업재해로 노동자가 목숨을 잃거나, 심지어 노동자가 분신하는 경우 전태일을 호명한다. 전태일이 분신한 11월 13일을 추념하며 그의 정신을 계승하기 위해 매년 전국노동자대회를 갖는 것도 그 모습이다. 2020년 '아름다운 청년 전태일 50주기 범국민 행사 위원회'를 구성해 많은 행사를 진행한 것도 마찬가지이다. 한국 사회의 모순이 해결되지 않는 한 전태일은 계속 불릴 것인데, 그만큼 노동자들이 인간답게 살고자 하는 희망을 포기하지 않고 있는 것이다.[1]

위의 작품의 화자도 전태일을 "그늘 속에서 인간의 빛을 본 청년"으로, "고통과 차별 속에서 정의와 연대의 소중함을 배운 청년"으로 여긴다. "자신의 차비를 덜어/어린 시다들에게 풀빵을 사 먹이던 따뜻한 청년"으로, "억압받는 이들이 노예의식을 버리고/자유인으로 조직되어야 한다던 청년"으로도 여긴다. 아울러 "스물두 살, 자신이 몸을 불사"르며 "우리는 *기계가 아니다!/근로기준법을 지켜라!/내 죽음을 헛되이 하지 말라!*"라고 외친 전태일을 "영원히 꺼지지 않는 인간해방의 불꽃"으로 인식한다. 전태일은 진정 살아있는 노동자이다. (a)

---

1 맹문재, 「전태일문학의 계보 혹은 지형도」, 안재성 외, 『아! 전태일』, 목선재, 2020, 236쪽.

수련의 귀

송은숙

물의 표면에 바짝 귀를 대고 수련은 물의 소리를 듣고 있다

연못이 얼음의 뼈를 허물 때 움푹 팬 상처 자리를 햇살이 핥아주는
소리
물의 무게를 견디며 물수세미가 자라는 소리

몸 전체가 하나의 커다란 귀인 수련이 듣는 것은
물 안쪽의 소리인지 물 밖의 소리인지
그러니까 수련의 귀는 어느 쪽을 향하고 있는 걸까

혹은 하늘과 연둣빛 풍경이 연못에 비칠 때
그 풍경은 물 안의 풍경인지 물 밖의 풍경인지
하늘 위로 물가의 수양벚나무 꽃들이 떨어져
꽃잎 주변의 물 주름과 물 주름이 입술의 주름처럼 서로 만날 때

물 주름은 물의 안과 밖을 접으며 빠르게 번져가는데

수련의 귀는 매끄럽고 반짝거리네
소리가 귀걸이처럼 둥글게 매달려 있다는 듯
수련은 잎새 하나를 뒤집으며 뒷면을 보여주네
거기 잠시도 가만있지 못하는 물의 수런거림이 모여 있다는 듯

나는 수련의 귓바퀴 언저리에서 자꾸 뒤집히는

물의 안과 밖을 물끄러미 바라보네

(『시로여는세상』 2020년 여름호)

시 전체를 끌고 갈 만한 강력한 비유가 작동할 때가 있다. 이 시에서는 수련의 모양에서 물의 소리를 듣는 귀를 연상해낸다. 물을 향해 넓게 퍼진 수련의 잎이 귀를 닮았다는 상상은 참신하면서도 자연스럽다. 수련의 귀는 연못이 새 생명으로 분주해지는 봄의 소리를 빠짐없이 찾아낸다. 얼음이 박혔던 자리에 햇빛이 비치는 풍경조차 이 시에서는 소리로 묘사된다. "연못이 얼음의 뼈를 허물 때 움푹 팬 상처 자리를 햇살이 핥아주는 소리"는 섬세하고 따스하기 그지없다. 수련의 귀는 물 안쪽으로도 바깥쪽으로도 수평으로 열려 있어서 연못가의 모든 풍경을 담아낸다. 수양벚나무 꽃잎 주변의 물 주름들이 입술의 주름처럼 서로 만나는 장면은 또 얼마나 사랑스러운가. 수련의 귀는 매끄럽고 반짝거리며 물의 수런거림을 들려준다. 수련의 귀라는 착상은 봄빛으로 가득한 연못 풍경을 소리의 향연으로 변주시켜 색다른 감각으로 보여준다. 수련의 귀에 담긴 봄의 소리들이 마냥 다정하고 아름답다. (c)

속죄

신미나

사람들이 어렵게 꺼낸 얘기라며 돌을 주고 갔습니다
던지면 누군가를 아프게 만드는 돌
이 돌에 대해서 절대 말하지 말라고 당부했습니다

그들은 실컷 울고 난 뒤에 평온해진 표정으로 말했습니다
이 돌을 받아줘서 고맙고 미안하다고
진흙탕에서 핀 연꽃이 아름답지 않으냐고

혼자서 돌을 주고 떠난 사람들을 생각했습니다
돌을 주머니에 넣고 걸을 때마다 발이 웅덩이에 빠졌습니다
그들을 만나면 얼굴에서 돌이 먼저 떠올랐습니다

저는 점점 무거워지는 돌을 내려놓고 싶었습니다
돌이 피투성이 얼굴을 하고 운다고
밤마다 이를 가는 소리를 견디기 힘들다고

사람들은 어리둥절한 표정으로 되물었습니다
세상에 그런 돌이 다 있느냐고
기억나지 않는다고
이제 그만 돌아가 달라고 정중히 문을 열어주었습니다

그때 알았습니다
나의 죄는 너무 오래 돌을 매만진 것

주머니에서 비슷한 돌을 꺼내 보여주지 않은 까닭입니다

돌아가는 길에 저는 보았습니다
사람들이 쌓고 쌓은 얼굴로 무너져 내린 돌무더기
그중에는 저를 닮은 돌도 있었습니다

돌을 없애는 방법은 돌을 되돌려주지 않는 것입니다
안 된다고, 안 된다고 생각하면서
아무도 모르게 돌을 묻을 구덩이를 찾기 시작했습니다

(『시작』 2020년 겨울호)

사람들이 쌓고 쌓은 얼굴로 무너져 내린 돌무더기
그중에는 저를 닮은 돌도 있었습니다

꺼내기 어려운 말이며, 누군가를 아프게 할 수도 있는 말, 다른 사람에게는
절대 말하지 말라는 비밀을 이 시에서는 '돌'이라고 한다. 무겁고 딱딱하고 누
군가를 아프게 만들기 때문일 것이다. 신기하게도 이것을 꺼내놓은 사람은 편
안해진다. 옷 속의 돌을 꺼내면 가벼워지는 것과 같다. 물웅덩이에서 무지개
가 피듯 이것을 꺼내놓은 사람은 울음을 웃음으로 바꾸고 진흙탕에서 피어난
연꽃처럼 전혀 다른 모습을 보인다. 문제는 이 돌을 받아든 사람이다. 먼저 돌
을 담고 있었던 사람의 괴로움과 무거움은 이제 그에게로 옮겨간다. 돌의 무
게에 점점 짓눌리다 고통을 호소하자 돌을 주었던 사람들은 오히려 기억나지
않는다며 외면한다. 그때야 너무 오랫동안 그 돌에 붙들려 있던 것이 잘못이
라는 것을 깨닫는다. 이 고통의 사슬의 끊기 위해서는 돌을 다시는 다른 사람
에게 전해주지 않아야 한다. '말'을 '돌'에 비유해보니 그것이 얼마나 받아든
사람에게 고통이 되는지 분명해진다. 자신이 편해지자고 다른 사람에게 돌을
쥐어줄 수 없는 것처럼 누군가를 힘들게 할 말은 그냥 가슴에 묻는 것이 마땅
하리라. (c)

해변의 눈사람

신철규

여기는 지도가 끝나는 곳 같다

나는 생각을 멈출 수 없습니다
내가 인간이 아니라는 생각을

생각을 멈추어도 나는 사라지지 않습니다

인간이 아닌 것이 인간이 되려고 한다
인간이 아니기 때문에 인간이 되려고 한다

눈사람은 녹았다 얼어붙었다 하는 사람
더 이상 녹지 않을 때까지 타오르는 사람
더 이상 얼어붙지 않을 때까지 흐르는 사람

두 사람의 발자국이 모였다가 갈라지는 지점에서
우리는 어떤 표정으로 서로를 바라보았을까

마음으로 와서 몸으로 나가는 것들
몸으로 와서 마음에 갇힌 것들
굳은 마음
손을 대면 손자국이 남을 것 같은

우리는 여권을 잃어버린 여행자처럼 고개를 숙이고 있었다

서로의 발끝만 내려다보면서
손바닥을 펴서 네 심장에 갖다 댈 때
눈 속의 지진
지진계처럼 떨리는 속눈썹

나는 그림자를 최대한 줄이기 위해 몸을 웅크린다

눈사람의 혈관에는 얼어붙은 피가 고여 있다
모래알갱이가 덕지덕지 붙은 몸으로
거센 바람에 휘청거리고 있다

(『황해문화』 2020년 봄호)

두 사람의 발자국이 모였다가 갈라지는 지점에서
우리는 어떤 표정으로 서로를 바라보았을까

해변의 눈사람은 위태롭다. 바닷물은 눈사람에게 치명적이다. 눈사람에게 파도는 불처럼 뜨겁다. 해변의 눈사람은 속절없이 녹아내린다.

세상의 끝에 이른 듯 암담하고 위태로운 사람이 '해변의 눈사람'이라는 탁월한 비유로 그려진다. "내가 인간이 아니라는 생각"을 멈출 수 없고, 가까스로 생각을 멈추어도 "나는 사라지지 않"는다. 사람이 아닌 것 같은 느낌, 제자리에서 꼼짝도 못 한 채 녹았다 얼었다 흘러내리는 듯한 자신을 표현하기에 눈사람보다 더 적절한 것이 있을까 싶다. '나'가 이토록 눈사람처럼 굳어버린 이유는 두 사람이 함께 가던 길 끝에서 헤어짐을 맞이하게 되었기 때문이다. "여권을 잃어버린 여행자"처럼 황망한 마음이 되어 '나'는 그림자조차 최대한 줄이고 싶어 한다. 더할 수 없이 움츠러든 몸에는 얼어붙은 피가 고여 눈사람과 다를 바 없다. 두 사람의 발자국이 갈라지는 지점은 지도의 끝처럼 아득하고 그곳에 멈추어 선 '나'는 눈사람처럼 굳어버렸다. 함께 걷던 두 사람의 이별과 파국이 어떤 충격으로 다가오는지를 전신의 감각으로 표출한 시이다.
(c)

설득

안상학

지하철 옆자리 술 취한 조선족 사내
연신 코방아를 찧으며 전화를 하는데

니 혼자 앉아 바위 찧지 말고
힘든 일 있으면 얘기해라
니 오십 물리고
내 오십 물리면 되지 않캈어
어려운 일 있으면 이야기해라
니 혼자 앉아 비위나 빻을 생각 말고

솥뚜껑 손에 구형 스마트폰
만주 벌판 눈보라깨나 맞아본 듯한
어딘지 함경도 사투리 냄새 나는 사내
어디 끌고 가서 막걸리나 한 잔 하고 싶은
어깨도 두툼한 조선족 사내

니 오십 물리고
내 오십 물리고

(『시와사람』 2020년 겨울호)

위의 작품의 화자는 어느 날 "지하철 옆자리 술 취한 조선족 사내/연신 코 방아를 찧으며 전화를 하는" 모습을 바라보다가 "어디 끌고 가서 막걸리나 한 잔 하고 싶은" 마음을 갖는다. 그것은 "솥뚜껑 손"인 데다가 "만주 벌판 눈보라깨나 맞아본 듯"하고 "어딘지 함경도 사투리 냄새"가 나는 투박한 외모에 이끌렸을 뿐만 아니라 그 사내의 순박한 마음을 보았기 때문이다. 그와 같은 면은 "니 혼자 앉아 바위 찧지 말고/힘든 일 있으면 얘기해라/니 오십 물리고/내 오십 물리면 되지 않갔어"라는 사내의 대화에서 든 것이다.

화자는 사내의 그 말을 떠올리며 자신은 곤경에 처한 이를 도우려고 애를 썼는지를 생각해본다. 다양한 사람들과 관계를 맺고 있지만, 자본주의 사회가 요구하는 자기 이익의 추구에 함몰된 것은 아닌지 되돌아보는 것이다. 결국 사회적 존재로서 공존하는 길은 자신과 인연이 된 이들을 포용하는 것이라고 생각한다. 그리하여 사내의 말을 다시 떠올려본다. "니 오십 물리고/내 오십 물리고". (a)

카만카차 19

안현미

　사회적 거리두기 그것은 한번도 없던 일 겨울부터 봄으로 이어지고 있는 이 불안의 시간이 모두 시가 된다면 좋겠어 '삶'은 '사람'을 줄여놓은 말이 아닐까, 라고 썼던 적이 있었지 올봄은 '사람'은 '삶'을 늘여놓은 말이라고 써놓고 미래를 빌리러 가야지 헛되고 헛될지라도 헛되어서 아름다운 미래 고해성사를 하러 가는 신도들처럼 긴급 대출심사를 받으러 은행에 가는 우리들 불안은 영혼을 감염시키지만 오늘의 질본 브리핑을 보며 신종 불안도 신종 영혼도 곧 개발될 거라고 중얼거리는 오후 잘 가요 세풀베다씨 이게 다 신종 코로나 때문이지만 끝끝내 삶은 죽음을 걸고 싸우는 일 자! 월요일이에요 '세상 끝 등대'에 불을 켜고 우리 살러 갑시다

(『창작과비평』 2020년 여름호)

겨울부터 봄으로 이어지고 있는 이 불안의 시간이
모두 시가 된다면 좋겠어

2020년은 코로나19로 인한 '사회적 거리두기'라는 초유의 사태를 겪으며 이와 관련된 시들이 유행한 해이기도 하다. 일상의 변화에 민감한 시인들이 사회적 거리두기에서 얼마나 강렬한 인상을 받았을지도 짐작하고도 남음이 있다. 이 뜻밖의 기이한 상황과 그로 인한 '불안'마저도 시가 된다. "불안은 영혼을 감염시키지만" '사람'과 '삶'의 바탕을 고민하는 시를 낳기도 한다.

이 시의 제목인 '카만카차'는 칠레의 어느 마을에서 안개를 뜻하는 말이라 한다. 코로나19가 앗아간 많은 생명 중에는 칠레의 작가 세풀베다도 포함된다. 『연애소설 읽는 노인』이라는 독특하면서도 의미심장한 소설로 유명한 그는 저항적인 작가이자 환경운동가이다. 피노체트 정권의 독재에 저항하며 이국을 떠돌던 그는 생의 마지막 순간 코로나바이러스에 맞서 싸우다 생을 마감한다. "끝끝내 삶은 죽음을 걸고 싸우는 일"이라는 것을 입증이라도 하듯 사는 내내 자유와 생명에 위해를 가하는 세력을 향해 저항을 멈추지 않았다.

이런 세풀베다를 기리며 시인은 삶의 의지를 다진다. 비록 지금 세상은 '카만카차'로 가득하지만 "세상 끝 등대"에 불을 켜고 "살러" 가자고 외친다. 코로나19로 지친 마음에 힘을 주는 애틋하고 아름다운 선동이다. (c)

야광운

안희연

여름아, 반찬이 쉽게 상하는 계절이 되었어

이런 계절이 되어서야
겨우 답장을 한다

종이와 펜은 넘쳐나는데 마음이 도착하지 않아서
겨우의 자리에 많은 것들을 고이게 만들었어

겨우의 자리는 어떤 곳일까
모든 것엔 제 자리가 있고 그건 결코 슬픈 일이 아니지만
어쩐지 겨우는 영원토록 제자리만 맴돌 것 같고

겨우, 기껏, 고작, 간신히, 가까스로……
내가 사랑하는 부사들을 연달아 적으며
그것들의 겨움을 또한 생각한다

여름아, 왜 어둠을 말할 땐 내린다거나 깔린다는 표현을 쓸까
어제는 야광운을 찍은 사진을 봤어
야광운의 생성 조건은 운석이 부서진 가루와 초저온이래
부서짐과 추위의 결과로 우리가 마주하게 된 것

그것들을 아무 죄의식 없이 아름답다고 말해도 되는 순간이 올까

상한 반찬을 버리면 깨끗한 식탁을 가질 수 있을까

방은 거울로, 거울은 겨울로 이어진다
여름 한낮에도 수시로 길을 잃는 이유
거대한 바위 아래 깔려 있는 기분

절대로, 도무지, 결단코, 기어이, 마침내, 결국……
그런 말들은 다독여 재우고

여름아, 이제 나는 먼 것을 멀리 두는 사람으로 살고 싶어
내가 나인 것을 인정하는 사람으로

(『자음과모음』 2020년 가을호)

여름아, 이제 나는 먼 것을 멀리 두는 사람으로 살고 싶어
내가 나인 것을 인정하는 사람으로

　　이 시는 화자가 '여름'에게 쓰는 편지의 형식으로 되어 있다. 수신자가 '여름'인 편지라니. 계절은 편지에서 거의 배경이 되어주는 역할을 했었는데 여기서는 화자의 마음을 받아주는 수신자로 등장한다. 화자는 여름에게 쓰려던 편지를 오랫동안 미루다 '겨우' 답장을 한다. 여름은 이미 편지를 보냈었는데 화자의 마음이 자꾸 늦어졌던 것이다. '겨우' 답장을 하는 제 마음을 살피며 화자는 "겨우, 기껏, 고작, 간신히, 가까스로" 같은 부사들의 '겨움'을 생각한다. 안쓰럽고 힘겨워 보이는 이런 부사들에 자꾸만 끌리는 자신의 마음을 들여다본다.

　　편지를 쓰는 시간은 여름밤 땅거미 질 무렵이다. 어둠이 깔리는 밤하늘을 바라보며 화자는 어제 보았던 야광운 사진을 떠올린다. 야광운은 여름에만 관측되는 현상인데, 운석이 대기로 유입될 때 생성된다고 한다. 신비하고 황홀한 야광운 사진을 보면서도 화자는 그것이 "부서짐과 추위의 결과"라는 사실에 마음이 쓰인다. "상한 반찬을 버리면 깨끗한 식탁을 가질 수 있"는 것처럼 상처와 고통의 흔적을 쉽게 지울 수 있을지를 생각한다. 이렇게 '겨우' 존재하는 것들에 골몰해 있기에 마음은 수시로 길을 잃고 거대한 바위에 깔린 듯 무겁기만 하다. 화자는 이제 "절대로, 도무지, 결단코, 기어이, 마침내, 결국"처럼 마음을 압박하는 말들에서 벗어나 "먼 것을 멀리 두는 사람"으로 "내가 나인 것을 인정하는 사람"으로 살고자 한다. 멀리 있는 야광운의 부서짐과 추위에도 죄의식을 느끼는 민감한 자의식을 다독이고 싶어 한다. 우리 말 부사가 얼마나 우리의 마음과 태도를 예리하게 반영하는지를 보여주는 시이다. (c)

단추의 감정학

오새미

오랜 부대낌으로 떨어져나간 단추
일터가 없어졌다
주류의 길을 걸어왔다고 믿었는데
아무도 관심을 갖지 않았다
부속품에 불과했는지
세상은 잘 돌아가고 있다
붙잡고 있던 끈
평생 갈 줄 알았는데
느슨해지다가 툭
떨어져나간 단추는 아득히 잊혀졌다
아무렇지도 않은
단추 구멍만 한 저녁
남아 있는 실밥 몇 오라기
자취를 감춘다

(『시와사람』 2020년 여름호)

붙잡고 있던 끈 평생 갈 줄 알았는데
느슨해지다가 툭 떨어져나간 단추는 아득히 잊혀졌다

　　"오랜 부대낌으로 떨어져나간 단추"의 입장에서 보면 그의 "일터가 없어
졌"다고 볼 수 있다. 그런데도 "아무도 관심을 갖지 않"는다. 자신이 "주류의
길을 걸어왔다고 믿"은 것은 착각일 뿐 "부속품에 불과했"다. 그에게 닥친 형
편에 개의치 않고 "세상은 잘 돌아가고 있"는 것이다. 결국 "붙잡고 있던 끈/
평생 갈 줄 알았는데/느슨해지다가 툭/떨어져나간 단추는 아득히 잊혀"지고
만다.
　　이와 같은 "단추"의 처지가 민중이 겪는 모습이다. 민중이 하는 일은 하찮
다고 할지라도 역사의 창조에 기여하는 것은 분명하지만, 역사의 주인이 되지
못하고 지배층의 필요에 따라 처분되고 만다. 민중은 그와 같은 운명 속에서
도 자신의 역할을 충실히 수행한다. 지배 계급처럼 모호하거나 기회주의적이
지 않고 자신의 임무에 최선을 다하는 것이다. 따라서 자기 신뢰성으로 민중
은 새로운 변화를 실천하는 잠재력을 지닌 존재가 된다. 아무도 관심을 주지
않지만 자신의 임무를 온몸을 다해 수행하는 "단추"가 되는 것이다. (a)

인큐베이팅 공원

할머니는 의자를 기르는 모양입니다 손바닥으로 내내 쓰다듬으며 무어라 말을 건네면 의자는 순한 짐승처럼 귀를 기울이네요 의자는 나비를 기르는 모양입니다 나비가 발가락을 오므리며 지친 날개를 접는 동안 말없이 가만히 등을 내어 업어주네요 나비는 배롱나무를 기르는 모양입니다 여윈 가지 사이 이리저리 토닥토닥 잦은 안부를 묻네요 배롱나무는 공중을 기르는 모양입니다 몸속 가득 꽃망울 간직한 잔가지들이 공중을 쉼없이 간질입니다 공중은 분수를 기르는 모양입니다 물방울들 반짝거리며 사방 흩어집니다 물방울들은 공원을 기르는 모양입니다 촉촉해진 공원은 아기처럼 옹알거립니다 봄날의 심장이 익어갑니다 봄날의 어깨가 익어갑니다 바람이 꽃씨를 품고 저만치 달아납니다 어여쁘고 환한 것 하나 몰래 기를 모양입니다

(『주변인과 문학』 2020년 봄호)

봄날의 심장이 익어갑니다
봄날의 어깨가 익어갑니다

　　진정한 존재는 결코 자기 자신의 세계 구성에만 매몰되어 있지 않다. 마치 할머니가 의자를 기르고 손바닥으로 쓰다듬으며 말을 건네면 그 의자가 순한 짐승처럼 귀를 기울이는 것과 같은 상호구성의 과정에 놓여 있다. 모든 존재는 마치 그 의자가 나비를, 그 나비가 배롱나무를, 그 배롱나무가 공중을 기르는 것처럼 각자가 서로의 고유성을 인정하며 서로 상승 작용하고 있다. 어디 그뿐인가. 우린 공중이 분수를, 분수의 물방울이 마침내 공원을 기르는 것과 같은 무한 순환의 방식으로 서로가 서로의 '인큐베이팅'이 되는 사사무애(事事無碍)의 세계. 생물과 무생물을 가리지 않고 각기의 사물들이 서로 주고받는 연계와 연기(緣起)의 관계 속에서 서로 결합되고 고양(高揚)된 화창한 '봄날'을 맞는다. 만물들의 본질현현을 가능케 하는 숨겨진 본체이자 세상과 사물들이 친밀성 속에서 감응하는 자리가, 다름 아닌 그새 어여쁘고 환한 꽃을 몰래 기르고자 여문 꽃씨를 품고 저만치 달아나는 바람이 불어오는 공원이라고 할 수 있다. (b)

거울에게 전하는 말*

유계영

너는 바보 아니었을까 함부로 영혼에 걸었으니까 누가 그런 것을 좋아한다고
비스킷을 먹으면 꼭 소파에 비스킷 가루를 흘려놓는 칠칠치 못한 사냥꾼처럼

여기는 어디일까 너는 껍질을 뒤집어쓴 만큼만 존재했음에도
생물 사물이 허락하는 만큼만 차지했음에도 숟가락이 용납하는 만큼만 먹고
시계가 나누어준 만큼만 잤음에도 우리가 거울 속 인물에게 쉽게 연루되고 마는 까닭은
영영 만날 수 없는 사람에 대한 시름 때문이야 바보야

그와 할 건 다 해보았다 꽃도 꽂아보았고 집어등을 쫓아 갈 데까지 갔었다
그러나 터덜터덜 홀로 돌아왔지 빛의 그물을 쓸쓸히 빠져나와 다시 이곳은 어디일까

늙은이들의 눈동자를 보면 알 수 있다 몸의 어느 부분이 구부러지는 거 아니라
쪼그라드는 거 아니라 지워지고 있다는 사실 같은 걸
밤바다로 천천히 걸어 들어가는 뒷모습이 엄지발가락부터 흘리고 가는 것처럼
눈동자마저 뽑아가는 것처럼

물가에 살아선 안 된다 넌 바보가 될 거야
잠의 테두리를 따라 걷고 싶게 될 거다 저기 먼 허공을 가리키며
저 너머엔 아무것도 없다고 중얼거리고 싶을 거야 그래서 건너가고
싶었지
동공을 풀어 딱 한 방울의 검은색을 떨어뜨리고 싶었지

투명한 물잔을 혼탁하게 만드는 결정적인 것이 되고 싶었다 동네가
떠나가도록
입은 꾹 다물고 싶었다

개들은 짖겠지만 콰직콰직 깨지는 잠깐 어둠 잠깐 빛
우리는 옆으로 누워서 잤다 하늘이 보이지 않는 게 좋으니까
이마에 살짝 차가운 것이 닿았다 떨어지는 느낌

거울에 바보 같은 거울 얼룩
작은 것들은 계속해서 작고 양파꽃은 피지 않고
피어 있다
지고 있다

* 박상순, 『마라나, 포르노 만화의 여주인공』

(『시작』 2020년 여름호)

'바보야'라는 말은 심각한 모욕이 될 수도 있지만, 걱정과 정감의 표현이 되기도 한다. 빌 클린턴은 "문제는 경제야, 바보야"라는 말로 공동의 이슈를 선점하며 대통령이 될 수 있었고, 김수환 추기경은 '바보야'라는 애칭으로 아직도 많은 사람의 가슴에 남아 있다. 이 시의 '바보'도 경멸의 의미보다는 안타까움을 내포하는 말이다. 화자는 함부로 '영혼'에 자신을 거는 '너'를 '바보'라 칭하며 걱정한다. 그러나 '나' 또한 '너'와 다를 바 없이 "거울 속 인물에게 쉽게 연루되"기도 하고 "영영 만날 수 없는 사람에 대한 시름"을 떨치지 못한다. '나'는 '너'를 통해 영혼에 이끌리는 존재들에 대한 자책과 염려를 늘어놓고 있는 것이다. '그'와 할 수 있는 것을 다 해보고(아마 영혼도 바쳤을 것이다) 이제 다시 혼자가 된 '나'는 영혼이 없는 삶에 대해 생각해본다. "늙은이들의 눈동자"가 지워지고 있다는 사실을 깨닫게 되면서 "동공을 풀어 딱 한 방울의 검은색을 떨어뜨리고 싶"어 한다. 허공을 건너가고 싶어 하는 바보 같은 마음이 "늙은이들"에게서는 지워져 가는 영혼의 눈동자를 그리려 하는 것이다. 거울을 마주하고 '나'와 '너'는 계속 닿았다가 떨어지고 거울에는 "바보 같은 거울 얼룩"이 남는다. "비스킷을 먹으면 꼭 소파에 비스킷 가루를 흘려놓는 칠칠치 못한 사냥꾼처럼" 영혼에 붙잡힌 이들이 남긴 미미한 흔적이다. 이런 시에서 의미보다 돋보이는 것은 처음 만나는 신선하고 감각적인 이미지들이다. "콰직콰직 깨지는 잠깐 어둠 잠깐 빛"이 몸으로 들어와 박히는 것 같다. (c)

고요한 세계
— 김경철을 기리며

유국환

들을 수 없어도 나는 보았지요
꺼칠한 손으로 애교머리를 쓸어내리는 여동생의 꿈을

말할 수 없어도 나에게도 꿈이 있었지요
기와를 굽더라도 어무이 배곯지 않게 하겠다고

갸가 어릴 때 경기가 왔는디
나가 뭘 모릉께 마이싱을 많이 맞아부럿제
그 이후로 귀가 먹어버렸어

사람들이 유행가에 어깨를 들썩이는 날이었지요
강물은 흘러갑니다 제3한강교 밑을
당신과 나의 꿈을 안고서 흘러만 갑니다

너 데모했지, 연락병이지?
어디서 벙어리 흉내 내?
손사래질 위로 햇살보다 몽둥이가 먼저 쏟아졌습니다
까마득한 곳에서 어무이 말소리가 들렸지요
내일 하고 모레면 부처님 오신 날인디

갸가 기와를 굽다가 가운데 손가락이 짤려부렀어
다들 형체를 알아볼 수 없는데 요래조래 찾아봉께
가운데 손가락 없는 애가 눈에 딱 들어오던걸

올해로 마흔 번 아들을 죽였다고 말하지만
울 어머니가 아들을 쓰다듬을 때마다
시커먼 땅속에서는
파란 잔디와 뜨거운 햇살이 살아난다니께요.

(『문학들』 2020년 여름호)

울 어머니가 아들을 쓰다듬을 때마다
시커먼 땅속에서는 파란 잔디와 뜨거운 햇살이 살아난다니께요.

독실한 불교 신자로서 기와 굽는 것을 생계로 삼았던 김경철은 우연찮게 시내에 나갔다가 아무런 영문도 모른 채 시위대로 몰려 공수부대원에 의해 무차별한 구타를 당한다. 하지만 '연락병'으로 추궁받으며 더 가혹하게 몽둥이 세례를 받아야 했던 그는 자신이 시위대라고 거짓 자백하려 해도 침묵할 수밖에 없었던 언어장애자였다. 시인은 80년 5월의 광주민주화 운동 40주년에 즈음하여 극심한 고통에도 '외마디' 소리조차 내지를 수 없는 처지에 놓여 있었던 김경철을 기린다. '도둑이 매를 든 꼴'인 한국 현대사 속에서 비록 말할 수 없으나 결코 '고요'할 수 없는 아픔과 슬픔의 역사적 시간을 저마다의 가슴속에 품고 살았던 이들이 광주 시민들을 새삼 떠올린다. 분명 지나간 사건이자 정지의 사태인 김경철의 억울한 죽음에 대한 '기억투쟁'을 통해 물경 40년의 시차를 건너뛰면서 지금 여기에 진정한 의미의 인간적 혁명 사태를 부르고 있다. (b)

숨

유이우

그림자를 다시 돌려놓으며
광장은

좋은 오후가 뭔지 알아

이파리
떠 가는

새 날아간 만큼 번지는 하늘

나무가 더 자라나도 될까
둘러보는 동안

모든 어깨를 찾으려고 부는 바람

누군가는 누군가의 젊음으로 서 있고

달리는 아이들이
달리기 속으로
멀어질 때

내게 부는 것들

(『문학3』 2020년 2호)

나무가 더 자라나도 될까 둘러보는 동안
모든 어깨를 찾으려고 부는 바람

검고 짙은 그림자가 드리우는 하늘 높고 맑은 오후의 광장이다. 때마침 불어오는 바람에 나무이파리가 떠가고, 새가 날아간다. 그새 광장의 나무는 그저 평화롭고 고요한 현상에 만족하지 않은 채 바람의 숨결에 더 큰 성장을 모색하고, 바람은 또 모든 나무들의 어깨를 감당할 만한 힘을 보유한 채 불어올 기세다. 서로 간 팽팽한 균형과 긴장 속에서 제각기 고유성을 유지한 채 누군가는 자신의 젊음을 그대로 지탱하며 서 있다. 하지만 어디론가 달려가는 아이들이 달리기 자체에 몰두하고 있는 풍경은 단지 어느 오후 광장의 외면적 풍경에 그치지 않는다. 개별적이고 우주적인 생명의 입김이 '나'의 내면으로 유입되는 순간과 연결되어 있다. 바람의 숨결에 의해 '나'의 내면에 들어 있는 누멘(numen)을 수태시킨다. 지향 없이 헤매던 들끓는 현실의 시간을 정직하게 견디고 이겨낼 때 우린 문득 '나'의 의식세계와 오래 단절된 심혼의 울림으로서 바람의 소리에 겸허하고 경건하게 귀 기울이는 '좋은 오후'를 맞이할 수 있다. (b)

위인 동상 3등
― 전태일

윤중목

　월매 딸 성춘향의 고향인 남원의 송동면에 지리산초록배움터라고
생태환경학교가 하나 있었어요. 민노당 중앙연수원이기도 했던 곳인데
동네 인구 감소로 폐교가 된 원래는 두동초등학교 자리였어요. 그곳
교문을 통과해 걸어 들어가면서 꽤 떨어진 거리지만 자그만 크기의 동
상이 눈에 띄었을 때 이승복인 줄 대번에 알았어요. 연도가 오래 묵은
학교들이 교사동 정면 쪽에 세우던 위인 동상 중 가장 많았던 게 이순
신 장군 첫째, 세종대왕이 둘째, 그다음 셋째 이승복, 뭐 대체로 그랬
었어요. "나는 공산당이 싫어요!"라고 외치다가 입이 찢겨서 죽었다나
그런 건 아니었다나 하는 이승복이 그 당시는 그러니까 위인 동상 서열
무려 3등인 거였어요. 그런데 걸어 걸어 동상 근처에 다다르자 깜짝 놀
라면서도 웃음이 터질 거 같은 기상천외한 광경이 놓여 있었어요. 전
신에 녹청이 한가득 끼었으나 동상의 주인공은 어릴 적 눈에 익은 그
이승복이 분명했어요. 하지만 동상 아래 시멘트 기단에 새겨진 이름자
가 어떻게 된 영문인지 '이승복'이 아니었어요. 기단의 앞판 상반부에
있던 글자는 다 파내 없어졌고 하반부에 글쎄 완전 다른 이름이 부조로
새겨 있는 거였어요. 그게 약간 삐뚜름은 했지만 아주 큼지막이 '전태
일'이었어요. "근로기준법을 준수하라!", "우리는 기계가 아니다!", 외
치며 또 외치며 제 몸에 불을 살라 죽어간 바로 전태일이었어요. 오호,
정말이지 이건 통쾌하고 유쾌한 일이었어요. 아름다운 청년 전태일이
정식 학교라는 공간에 위인 동상으로 세워진 아마 사상 최초의 사건이
었어요. 그것도 반공소년인지 멸공소년인지 이승복을 밀어내고 서열 3
등 자리를 당당하게 차지하는 장면이었어요. 왜요, 근데 뭐 잘못됐어

요? 이게 그러면 안 되는 일이었어요? 이승복 대신에 전태일이 우리나라 위인 동상 3등 되면 큰일이 나는 거였어요?

(『푸른사상』 2020년 봄호)

오호, 정말이지 이건 통쾌하고 유쾌한 일이었어요. 아름다운 청년 전태일이
정식 학교라는 공간에 위인 동상으로 세워진 아마 사상 최초의 사건이었어요.

위의 작품의 화자는 전북 남원시 "송동면에 지리산초록배움터라고 생태환
경학교가 하나 있"는데, 그곳에서 "전태일"의 "동상"을 발견하고 깜짝 놀란
다. "동네 인구 감소로 폐교가 된 원래는 두동초등학교 자리였"는데, "민노당
중앙연수원이기도 했던 곳"이다. 그 사실을 생각해보면 전태일 동상을 세운
주체를 유추할 수 있지만, 뜻밖의 발견이어서 놀란 것이다.

군부가 정권을 장악하던 시대의 초등학교에 세운 동상은 대체로 "이순신
장군 첫째, 세종대왕이 둘째, 그다음 셋째 이승복"이었다. 화자는 이순신 장
군과 세종대왕을 기리기 위해 세운 동상에 대해서는 학생 교육 차원에서 공감
해왔지만, 이승복의 동상에 대해서는 그러하지 않았다. 반공을 국시로 삼은
군사 독재 정부가 자신들의 정권을 유지하기 위해 이승복 사건을 학생들에게
세뇌교육 차원에서 이용한 것을 잘 알고 있었기 때문이다. 그리하여 화자는
이승복의 동상 대신 전태일의 동상이 세워진 그 자리에서 통쾌함을 갖는다.
"근로기준법을 준수하라!", "우리는 기계가 아니다!" 등을 외치며 노동 해방을
위해 헌신한 "전태일"이 비로소 한국 역사의 발전에 기여한 인물로 인정받았
기 때문이다.

화자는 "아름다운 청년 전태일이 정식 학교라는 공간에 위인 동상으로 세
워진 아마 사상 최초의 사건" 앞에서 경건하게 인사를 올린다. 1968년 12월
울진과 삼척에 침입한 북한군에 의해 어머니와 두 동생과 함께 살해당한 10
세의 이승복 어린이에게도 명복을 빈다. (a)

낮달
— 사회복지에 대해

이규배

아홉 마리
새끼 낳고 어미 개가 죽었다
새끼들 핥아가며 마른 젖 물린 아비 개
젖꼭지야 젖꼭지야,
낮달이 뜬다

(『시에』 2020년 겨울호)

새끼 낳고 어미 개가 죽었다
새끼들 핥아가며 마른 젖 물린 아비 개

있어도 좋고, 없어도 그만인 '낮달'과 같은 제도가 이른바 '사회복지'제도일까? 시인은 '낮달'이란 제목에 '사회복지에 대해'란 부제(副題)로 달면서 '낮달'과 '사회복지'가 은유적 관계에 있음을 보여준다. 슬프게도 아홉 마리 새끼를 낳고 죽은 어미 개를 대신하여 마른 젖을 물린 아비 개와 같은 것이 이른바 '사회복지'라고 말하고 있다. 하지만 여기서 중요한 것은, 죽은 어미 개를 대신하는 아비 개의 간절하고 간곡한 부성애가 아니다. 제아무리 반복적으로 '젖꼭지'를 호명해봐도, 어미 개가 지닌 모성 결핍 내지 부재가 채워지거나 메꿔질 수 없다는 사실이다. 일시적이나마 어미의 빈자리를 메꾸려는 아비의 노력이 매우 아름답고도 가상하기도 하지만, 모든 사회 구성원의 인간다운 생활을 보장하는 것을 목적으로 시행되는 사회복지제도가 한 인간의 모성에 대한 근원적인 목마름과 그리움을 충족시킬 수 없다는 것도 분명한 사실이라고 할 것이다. (b)

반구대 암각화

이명윤

저 호수에 낚싯바늘을 던지면
시간의 파문이 일고
와와, 수천 년 전의 함성과 북방긴수염고래와
작살을 든 사내들이 줄줄이
공중으로 솟구쳐 오를 것 같다
망원경으로 보세요,
배는 심연 속으로 가라앉고 바람은
암벽 속에 꼬리를 감추었지만
고래의 피 묻은 손이 철철
검은 아이를 받아내고
동굴 속 긴 울음을 먹여살린
우리는 위대한 사냥꾼의 후예들,
일행 중 누군가 가늘게 탄식했다
오늘은 물에 잠겨 고래가 가져간
손목을 볼 수가 없군요
지금도 공중을 유영하는 치명적인 햇살
혹은 화살에 대하여
아무도 말하지 않았지만
우린 모두 먼 길을 돌아 여기에 왔음을 안다
암벽 속의 사내가 웃고 있었다
이곳에 오실 땐 고단한 사냥 도구는 잠시
내려놓고 오실 것
가깝고도 먼 나라를 순례하듯이

피고 지는 들국화의 걸음으로 다녀가실 것
우리는 거대한 암벽 속의 무늬들,
사냥은 영원히 끝나지 않을 테니까

(『문학의오늘』 2020년 겨울호)

이곳에 오실 땐 고단한 사냥 도구는 잠시 내려놓고 오실 것
가깝고도 먼 나라를 순례하듯이

　　주지하다시피 "반구대 암각화"는 울산광역시 울주군 언양읍 대곡리 반구
동에 있는 바위벽 그림이다. 신석기 시대부터 여러 시기에 걸쳐 바위벽에 새
겨진 그림으로 그 내용은 바다동물, 육지동물, 사냥 도구, 사람 등 300여 점
이나 된다. 바다동물로는 고래, 거북, 상어, 물개, 물고기 등이, 육지동물로는
호랑이, 멧돼지, 사슴, 노루 등이, 사냥 도구로는 배, 작살, 그물 등이 새겨져
있다. 사람 중에서 선사시대의 인류가 고래를 사냥하는 모습은 주목된다. 그
리하여 "반구대 암각화" 앞에 서면 "작살을 든 사내들이 줄줄이/공중으로 솟
구쳐 오"르는 모습을 보게 되고, "우린 모두 먼 길을 돌아 여기에 왔음을" 깨
닫는다. "우리는 위대한 사냥꾼의 후예들"이라는 사실과 "사냥은 영원히 끝나
지 않"는다는 것도 자각한다.

　　"반구대 암각화"는 인류문화의 기원을 알려주는 것은 물론 우리가 어떻게
살아가야 하는지도 알려준다. "선사시대의 인류들이 사냥하는 모습은 인간의
삶이 얼마나 힘든가를 보여주는 동시에 인간의 삶이 얼마나 가치 있고 위대한
것인지도 알려준다. 인간은 아무리 위험하고 어려운 상황에 처해 있다고 할지
라도 극복하는 존재라는 사실을 일깨워주는 것이다."[1] (a)

1　맹문재, 「양식의 기원과 승화」, 백무산 외 엮음, 『반구대 암각화』, 푸른사상사, 2017, 130쪽.

하류

이민하

어두운 백척간두 일인실에 누워
신은 우리를 창밖에 매달아두고 잊어버린 것 같아.

줄을 끊은 새들이 흘러내리는
유리를 닦고 닦다가 손바닥을 떨어뜨리고

주워 온 인형 팔이 스무 개나 있다. 서랍 안에는
낡은 한국어 교본도 있다.

흰 입 검은 입 가르마를 타고
고요히 복화술을 익히고
아름다운 인체를 얻었는데

속눈썹도 셀 수 있을 것 같은 밤인데

이 밤이 신이 꾸는 악몽이라면
우리는 헝겊 옷을 빨아 입고 조금만 더 누워 있자.
번갈아 등을 내밀고

입김을 호호 불며 서로 태엽을 감아준다면

믿을 수 없이 믿음에 가까워져서

사람의 품속으로 돌아가는 꿈을 꾸었다.

(『릿터』 2020년 8/9월호)

이 밤이 신이 꾸는 악몽이라면
우리는 헝겊 옷을 빨아 입고 조금만 더 누워 있자.

백척간두 일인실에 홀로 누워 있는 기분이라니. 얼마나 막막하고 버림받은 느낌일까. 신이 그렇게 놓아두고는 잊어버린 것 같다니 얼마나 암담할까. 백척간두 같은 불안한 유리창으로 줄을 끊은 새들이 흘러내리고, 유리를 닦던 손바닥이 떨어진다. 불길하고 위태로운 낙하의 이미지가 가득하다. 떨어진 손바닥의 이미지를 이어 "주워 온 인형 팔이 스무 개"나 등장하고, 이어서 "낡은 한국어 교본"도 나타난다. "인형 팔"이나 "한국어 교본"은 신의 인형처럼 정해진 대로 따라야 하는 운명을 상징한다. 한국어 교본에 충실하게 말을 배우고 인형에게 걸맞게 고요히 복화술도 익히고 아름다운 신체도 얻었는데, 신은 언제 깨어나 우리를 알아볼 것인가. "신이 꾸는 악몽"처럼 무시무시하게 어둡고 까마득한 밤에 일인실에 누워 꼼짝하지 못하는 화자는 추위와 어둠을 견디며 신이 깨어날 순간만을 기다린다. 누군가 태엽을 감아주기를 기다리며 꼼짝 못 하고 누워 있는 이 답답한 상황은 비참하고 간절하기 그지없다. 백척간두의 일인실에서 놓여나 사람의 품속으로 돌아갈 순간만을 기다리는 '우리'는 하류 인생의 비애를 극적으로 함축하고 있다. (c)

불쏘시개

이영주

양초가 가득한 방에 심장을 묻고 천천히 촛농이 되어가는 소설을 읽은 적이 있다. 그런 내용은 없었지만 그때 나는 열여덟 살이었고 그런 것은 중요하지 않은 채 굳어갔다. 눈이 멀어서 밑으로 쑥 빠져버리는 시간 속에서 달력 같은 하루는 아무것도 아니다. 게보린이라는 오래된 노트가 떡 진 나의 흉터를 내내 바라보고 있었는데 조금씩 흘러내리는 뜨거운 살이 흉터 없이 사라지려면 무언가를 쓰지 않아야 한다는 것을 알았다. 그러나 이것도 게보린에 쓰여졌다. 방 안에서 자꾸만 넘쳐 흘러가는 패배자의 심정에 대해, 그 심정에서 나는 악취에 대해 이상한 문장으로 써보려고 했다. 눈이 멀어서 아무것도 보이지 않았으므로 코는 점점 커졌고 모든 것이 밑으로 떨어져 밑의 바깥으로 번져가는 동안 코만 남을까 봐 걱정스러웠다. 소설 속의 여자 주인공은 천천히 걸어 나와 라이터로 내 코에 불을 붙였다. 여기에서 냄새가 제일 많이 나네. 검은 우산을 쓰고 그녀는 자기 코를 감싸 쥐었다. 이 더러운 냄새는 불 태우면 좋아져. 나는 눈을 뜨고 눈이 먼 자. 그녀를 향해 뭉툭한 팔을 뻗어보았고 재처럼 좋은 냄새를 만질 수 있었다. 너무 깊게 읽지 말고, 너무 동화되지 말고, 너무 매혹되지 말고, 너무 사랑하지 말고. 형태가 없어진 내 귀에 대고 속삭이던 그녀는 녹아내리는 자기 심장에 불을 붙이면 살아난다는 것을 알았지만 나에게 자꾸 석유를 들이부었다. 죽을 수 없을까 봐 무서워서 그래. 그녀가 오줌을 싸며 조금씩 울었다. 시작도 하지 않았는데 실패할 수 있으니 얼마나 다행인가. 나는 그런 생각을 하며 바깥으로 빠져나가는 오줌 소리를 들었다. 교단에 피어오르는 붉은 맨드라미를 짓이겨 죽이고 싶다는 살의는 단순히 징그러운 것에 대한 패배의 심정인가. 게보린에 쓰지 못한 내용들에 그녀가 인주를 잔뜩 묻혀 도장을 찍었다. 교장은 방문을 벌컥 열고 들어와 교지에 실린 나의 시들을 쫙쫙 찢었다. 이 늙은 마귀 같은 게! 교장은 놀라운 별명을 붙여주고 마구 웃다가 방 안에 숨겨진 절벽 밑으로 떨어졌다. 나의 몸에서 석유가 흘러나왔다. 누구나 타인에게 자기 자신을 말하는 법이지. 검은 태양이 이곳으로 떨어지고 있었다. 그녀는 나의 이마를 쓸어주며 말했다. 너는 열여덟 살이지만 덩어리진 너의 모든 것이 평생 동안 불쏘시개로 쓰인다는 것을 알 수 있을 거야. 평생 같은 건 없지만 순간이 내내 이어질 거야. 주인공은 죽지 않지만 주인공은 죽게될 거야. 그녀는 펄펄 끓는 난로에 원본을 집어넣었고 그녀는 심장이 불타오르기 시작했다. 눈이 먼 나는 석유를 핥으면서 이빨이 잔뜩 난 식물들이 불길 속에 던져져 있는 것을 보았다. 처음부터 패배를 배운다는 것이 얼마나 놀라운 일인지에 대해 나는 생각했다. 천천히 기어가 방 밖에 버려진 양초들을 모두 주웠다. 아무것도 보이지 않았지만 소설의 첫 페이지를 읽었다.

너무 깊게 읽지 말고, 너무 동화되지 말고,
너무 매혹되지 말고, 너무 사랑하지 말고.

여기 잔혹 동화와 같은 세계가 펼쳐지고 있다. 그로테스크한 이미지들로 가득하고 비현실적인 장면들이 연속된다. 화자는 열여덟 살 때의 자신을 돌이켜본다. 사실이 아닌 환상적 묘사로 일관하고 있지만, 절망과 상처로 가득한 시간이었음이 분명하다. "패배자의 심정"과 "그 심정에서 나는 악취"에 경도되어 불쾌하고 불길한 공상은 커져만 간다. 화자가 읽는 소설 속의 여주인공은 녹아내리는 자기 심장 대신 화자에게 자꾸 석유를 들이붓는다. "죽을 수 없을까 봐 무서워서" 그런다는 것이다. 이에 화답이라도 하듯, 화자는 "시작도 하지 않았는데 실패할 수 있으니 얼마나 다행인가"라고 생각한다. 이처럼 둘은 부정적이고 패배적인 감정으로 가득한 어두운 영혼의 소리를 주고받는다. "너는 열여덟 살이지만 덩어리진 너의 모든 것이 평생 동안 불쏘시개로 쓰인다는 것을 알 수 있을 거야."라는 말은 지금의 상처와 흉터가 계속되며 패배의 씨앗으로 작용할 것이라는 전언과도 같다. 희망과 성공의 꿈으로 가득할 나이에 상처와 패배를 새기는 화자의 상황이 갖가지 기괴한 상상으로 강렬하게 그려진다. 보통 사람들이 외면하고 싶어 하는 어둡고 고통스러운 부정적 세계의 실감이 전율처럼 다가오는 시이다. 이영주의 시는 이처럼 익숙한 삶의 어두운 이면을 강렬한 감각으로 재현하여 그 엄연한 실체를 각인시킨다. (c)

악기목(樂器木)

이용하

　알프스 가문비나무 군락지에 갔다 스트라디바리의 7대(代) 제자라는 마르티니 씨(氏)가 바이올린 제작용 나무를 찾고 있었다 여기저기 잘 자란 나무들이 보였다 그는 내가 고른 나무가 아닌 다른 나무로 가서 둥치를 안고는 가만히 두드려보는 것이었다 나무마다 무늬가 내는 음이 다르다면서 메마른 응달에서 300년 이상을 살아낸 나무라야 제대로 된 소리를 갖는다고 했다 86세인 그는 귀가 어두워도 나뭇결에 배어든 바람과 물과 그늘의 소리를 들을 수 있다며 그것이 스트라디바리로부터 대대로 전승된 비법이라고 했다 그와 작별할 때 가문비나무에 했던 것처럼 나를 포옹하고 등을 두드려주었다 그와 헤어지고 오래되었지만 아직도 내 등이 울리고 있다.

(『문학과창작』 2020년 봄호)

그와 작별할 때 가문비나무에 했던 것처럼
나를 포옹하고 등을 두드려주었다

　세계적 명기 중의 명기인 바이올린 '스트라디바리우스'가 여전히 아름다운 선율과 청아한 음색으로 여전히 그 명성을 유지하고 있는 것은 무엇 때문인가? 우선 그것은 지난 1645~1715년 사이에 진행된 짧은 빙하기의 무서운 추위를 견뎌내기 위해 최대한 밀도를 높였던 가문비나무를 재료로 하고 있기 때문이다. 메마른 응달에서 300년 이상을 살아낸 나무라야 연주자가 원하는 바이올린 소리를 제대로 낼 수 있다는 것이다. '나'는 그런 스트라디바리의 맥을 잇고 있는 7대 제자인 마르티니 씨와 가문비나무의 군락지인 알프스산맥에 동행한 적이 있다. 그리고 그때 그가 포옹하면서 등을 두드려준 적이 있는데, 지금도 '나'는 그 악기 장인의 따스한 손길을 느끼고 있다. 행여 그런 악기목으로 제작된 바이올린 악기음이 들려올 때마다 '나'는 그 나뭇결에 배어든 바람과 물과 그늘의 소리를 들을 수 있다. (b)

밤의 포춘 쿠키

이은규

탁자가 있고 둥근 탁자가 있고
오늘 밤 부서지며 사라지는 이름들을 불러보자
좋아 불가능하게 무거운 별이나
함께 나눠 먹었던 수많은 쿠키를 떠올려도 좋아

어쩌면 별과 쿠키보다
그 사이를 가득 메운 밤의 공기들이 먼저 떠오를지도

그 모든 이름들 속에
네가 있겠니 내가 있겠니
우리라는 이름이 없어서 다행이구나 안타깝구나
아름다운 꽃과 꽃의 아름다움에 관해서는 아껴두자
들여다보자, 가만히 오래

거리를 배회하는 자들을 위해 쪽지 넣은 쿠키를 만든 데서 유래했다
지
그때의 쿠키에는 성경 구절이 적혀 있었다는데
하나의 설이 담을 넘어 혀끝에서 혀끝으로 옮겨지듯
오늘 밤 붉은 꽃들이 앞 다투어 피어오른다면 속삭인다면

습관처럼 기적이 내리기를 기다렸었나, 별똥별
오늘의 포춘 쿠키 속에는 행운이 자리합니까
행운의 문장들이 자리합니까

도무지 대답할 수 없는 질문들이 밤의 웅덩이 속으로 사라지고

누군가 포춘 쿠키의 입을 빌려 말한다
나를 깨뜨리지 마라
불운의 정신으로 다른 문장들을 깨뜨리고 돌보라

이제 한 문장 따위로 인생이 바뀌지 않는다는 걸
바뀌지 않아야 한다는 걸 모른 척하지 말자, 깨끗이
탁자가 있고 둥근 탁자가 있고
문장도 없이 잘도 웅얼거리는 한 목소리가 흩어지기 전까지

(『시산맥』 2020년 겨울호)

이제 한 문장 따위로 인생이 바뀌지 않는다는 걸
바뀌지 않아야 한다는 걸 모른 척하지 말자

초기엔 성경 구절을 적어 넣었던 것이 점차 보통 오늘의 운세를 묻거나 예언하는 쪽지로 발전해오는 중인 과자 중의 하나가 포춘 쿠키다. 하지만 변화무쌍한 존재의 부침 속에서 순간적인 위안이나 행운을 누려보려는 인간적인 소망이 담겨 있는 포춘 쿠키 속에서 행운의 문장이 적힌 쪽지가 나왔다고 해서, 여전히 미궁인 삶에 '나'의 질문들이 곧바로 해결되는 것이 아니다. 기껏해야 잠시 기쁨이나 순간적인 위로를 줄 뿐, 거기에 적혀 있는 한 문장 따위로 '나'의 인생이 통째로 뒤바뀌지 못한다. 따라서 '나'에게 중요한 것은 거기서 나온 문구에 따른 일희일비(一喜一悲)의 모습이 아니다. 설령 불운의 문장이 나오더라도 쉽게 실망하거나 흔들리는 않는 마음가짐이다. 어찌할 수 없는 내 운명의 필연성을 받아들이는 동시에 또한 그것과 용감하게 맞서 싸우고자 하는 적극적인 삶의 자세다. 고통을 우회하는 대신 되레 그걸 포용하는 법을 가르쳐주고 있는 게 밤의 포춘 쿠키라고 할 수 있다. (b)

순례자

입속에서 얼음을 녹인다
어느 때에 두 발이 남루해질 것이라고
돌이 쌓여 있는 좁은 길을 밤이 지나간다

새벽 불 켜진 상점을 찾는 일일지라도
너와는 입장이 달라
매번 입장이 달라

연휴에도 흐린 유리창 밖에서
푸른 꽃이 피고 번지는데 그것을 완전히 잊어버린다

어디에서도 흔한 포유류는 말을 하지 않는다
주름이 많은 어미를 바라보며 표정을 바꾸지 않는다
그것이 생활 속에 남아 있어
잔물이 불어나는 물가에 서 있다

목이 없는 꽃병 속의 물을 갈아주며
내가 단지 건물 속에 갇혀 있다면
건물이 우리에게 다정히 속삭인다면

무슨 일이 일어날 것을 알고 있다
하늘도 알고 있다
홀로 자고 일어난 노인도 알고 있다

위에서 아래를 바라보면
조상의 이름을 새긴 돌 위에 사월의 눈 내린다
검불 속에서 머윗잎이 쑥 올라온다

새벽별 떨어지던 자리에
무거운 수레바퀴 자국을 남기며
곡우가 지나간다

(『문학들』 2020년 여름호)

무슨 일이 일어날 것을 알고 있다
하늘도 알고 있다

　자신의 거주지에서 떠나 외부로 떠도는 존재라는 점에서 방랑자나 순례자
는 일치한다. 하지만 대체로 방랑자가 일정한 지향(志向) 없이 떠도는 자라면,
순례자는 어쩌면 일생을 두고 추구해야 할 최종 목적지가 정해져 있는 경우
다. 그러니까 둘 다 인간 존재의 불확실성 속에서 미지의 세계로 여행을 감행
하되, 먼저 전자의 경우 미처 예상치 못한 시련과 실패의 "좁은 길"을 거쳐 힘
들게 생의 목표를 찾는 자에 가깝다. 반면에 후자의 경우 온갖 고난과 방해에
도 불구하고 아무 "말을 하지 않"거나 "표정을 바꾸지 않"은 채 묵묵히 자기실
현의 길을 가는 자라고 할 수 있다. 방랑자와 순례자는 그런 점에서 "매번 입
장"이 다를 수밖에 없다. 그럼에도 불구하고 '우리'는 "흐린 유리창 밖에서/푸
른 꽃이 피고 번지는데 그것을 완전히 잊어버"리는 집중과 선택 속에서 "검불
속에서" "쑥 올라온" "머윗잎" 같은 "무슨" 창조적인 "일이 일어날 것"을 기대
한다. "위에서 아래를 바라보"는 수직적인 지평의 조건에서만 '우리'는 기존의
기대지평에 끼워 맞출 수 없는, 저마다 다른 경건하고 무거운 새로운 삶의 지
평선에 남겨진 수레바퀴의 자국을 확인할 수 있다. (b)

잔디 공원의 공허 속을 걸어가는

이제니

어느 날 잔디 공원의 사람이 잠에서 깨어나 이제 막 말을 깨우친 사람처럼 말을 시작한다. 내뱉은 말의 첫 소리는 잔디의 잔이었고 잔은 왜 그런지 비어 있었다. 공허만이 가득한 잔을 들여다보면서 잔디 공원 사람은 잔디 공원의 공허 속을 걷기 시작한다. 잔디의 오른쪽에서 잔디의 왼쪽으로. 떠오르고 떠오르는 옛날의 빛을 따라서. 비어가고 비어가는 옛날의 어둠을 다시 비워내면서. 잔디 공원의 공허는 잔디 공원을 이루는 모든 것의 바깥으로부터 안으로 몰려드는 무엇으로서. 이를테면 잔디와 나무와 개암나무 열매와 푸른 웃음 벌레와 녹색 영혼 이끼와 갈색 머리 동물과 이제는 없는 사람의 숨겨진 마음 같은 것이어서. 나눌 수 없는 말들은 오래전에 이미 봉인되었습니다. 비밀 없는 마음이 비밀을 얻을 때까지. 잔디 공원 사람은 걷고 또 걷는다. 걸으면 걸을수록 자신과 더욱 가깝게 느껴졌으므로. 걸으면 걸을수록 내뱉은 말들이 물들여온 자리가 분명해졌으므로. 헤아릴 수 없는 나무와 나무 사이의 간격을 헤아려 보면서. 발아래 벌레들을 밟지 않도록 조심하면서. 멈추지 않고 걷고 또 걸었으므로. 지나가던 시선이 그 곁을 따라 걸으며 무심한 이웃이 되어주었고. 한 발 한 발 걸음을 내딛을 때마다 저 멀리 허물어져가는 담벼락의 작은 구멍 속으로. 말할 수 없는 말들을 돌돌 말아 넣는 누군가가 떠오르기 시작하여서. 잔디의 앞쪽에서 잔디의 뒤쪽으로. 공원과 공원 아닌 것들의 모든 방향으로부터. 한 걸음 한 걸음 다가온다. 한 걸음 한 걸음 더욱더 다가온다. 오래된 병은 이제 다 나았나요. 묻는 사람 곁에서 잔디의 첫 소리를 발음해보는 잔디 공원 사람의 목소리 들려오고. 결코 혼자일 수 없어요. 그래요. 결

코 혼자일 순 없군요. 그저 멀리서 바라보는 마음은 울고 있는 그리움
이어서. 잔디 공원 사람은 잔디 공원의 공허와 함께 걷고 또 걸어간다.

(『발견』 2020년 가을호)

걸으면 걸을수록 자신과 더욱 가깝게 느껴졌으므로.
걸으면 걸을수록 내뱉은 말들이 물들여온 자리가 분명해졌으므로.

언어는 단지 표준화되고 평준화된 삶의 잡담들과 이해관계를 주고받는 의사소통의 도구만이 아니다. 때로 현실적인 제약을 넘어 새로운 현실을 창조하는 자유로운 상상력을 유발하는 게 언어다. 예컨대 고루한 문법학자에게 '잔디'라는 낱말에서 첫소리 '잔'을 독립시켜서 '공허만이 가득한 잔'을 연상하는 시인의 행동은 그저 공허하고 무의미한 말장난에 지나지 않는다. 하지만 시인에게 일단 그렇게 분리된 '잔'이라는 낱말은 그 자체로 머물지 않는다. 독자적으로 반향하면서 그 '잔'이라는 단어는 기존의 '잔디'라는 낱말과 더불어 "공원의 사람을 잠에서 깨"우고 또 그 "잔디 공원 사람"이 "막 말을 깨우친 사람처럼 말을 시작"한다. 나아가, 공원 내부는 물론 공원 아닌 외부의 모든 방향으로 퍼져나가 서로가 서로를 떠받치고 떠올린다. 어쩌면 현실과 무관한 순진무구한 언어놀이를 통해서, 우린 아주 잠시나마 분류하고 범주화하기 바쁜 일상적 언어폭력의 세계에서 빠져나와 "말할 수 없는 말들"의 세계. 왜곡되거나 번역되기 이전의 순수한 언어와 리듬의 세계를 흠뻑 빠져보기도 하는 것이다. (b)

像
― 볼 수는 없으나 떠올릴 수는 있는 것

이창기

　　길가에 피아노 한 대가 놓여 있다. 한 노숙자가 피아노 의자에 자리를 잡고 앉는다. 다리를 절고 피고름을 흘리던 코끼리들이 모두 떠나고 없는 곳에 뒤늦게 당도한 것이다. 악보는 혼란과 우연의 시간을 경유한 뒤 추위와 굶주림의 들판을 가로질러 되돌아올 것을 지시한다. 아무리 되새기려 해도 기쁨에 솟구치던 절정의 순간이 떠오르지 않는다. 굽은 등, 무딘 손가락이 불안정한 기억을 앞세워 한 걸음 한 걸음 저녁별의 멜로디를 따른다. 뭔가를 이해한 듯한 표정의 남녀로 구성된 독자들이 멀찍이 서서 그의 유일한 사치품인 어렴풋한 슬픔의 감각을 지켜본다. 그들의 시선이 머무는 어딘가에 이미지의 출처를 알리는 텅 빈 하늘이 있다. 담장 밖으로 나온 나뭇가지 하나가 길모퉁이를 향해 아무렇게나 흔들린다. 누가 또 돌아오나 보다. 손에 검은 비닐봉지를 들고. 넘어질 듯 아주 느리게.

(『문학들』 2020년 여름호)

굽은 등, 무딘 손가락이 불안정한 기억을 앞세워
한 걸음 한 걸음 저녁별의 멜로디를 따른다.

어느새 등이 굽고 손가락이 무디어진 노숙자로 전락한 피아니스트는 불안한 기억을 앞세워 한때 기쁨으로 솟구치던 절정의 감각을 되살리려 한다. 하지만 아무리 되살리려 해도, 그 무엇으로도 환원할 수 없는 그 절대적인 순간은 되살아나지 않는다. 무엇보다도 절정의 감각을 직접적으로 재현하려는 피아니스트는 그 장소에 뒤늦게 도착한 것이다. 하지만 그럼에도 그 피아니스트는 혼란과 우연의 시간을 경유하고 추위와 굶주림의 들판을 가로질러 되돌아올 것을 지시하는 악보 곁을 떠나지 못한다. 그래서 비록 불완전하고 불안한 기억 속에서나마 특정한 시간과 장소에 대한 기억의 멜로디를 환기시킨다. 하지만 슬프게도 그 피아니스트는 그런 제 모습을 알아차리지 못한다. 그걸 멀찍이 서서 지켜보는 독자들만이 그의 어렴풋한 슬픔의 감각을 지각한다. 비록 남루한 모습이나마 자기 자신의 자유로운 본질에 충실한 피아니스트를 기억하는 것은 그 자신이 아니라 정작 그걸 지켜보는 우리들의 지각 속에 형성된 잠재적 이미지라고 할 수 있는 것이다. (b)

일 포스티노

이철

첫 시집을 냈다
마지막 시집이 될 것 같아
면식은 없지만
평소 존경하는 시인 교수 평론가 분들께
『단풍 콩잎 가족』을 보냈다
익일특급으로 택배로 등기로
여러 권 반송되어 왔다
우편함 앞에서 느린 말투의
우편배달부를 만났다
이쪽에서 먼저 시인이라고 소개했다
실수였다
주소도 잘 모르면서 책은 왜 보내냐고
저쪽에서 땀을 훔쳤다
해명을 요구하는 눈빛은 아니었지만
무언가를 만회해야만 될 것 같아
단풍 콩잎을 건넸다
더위가 한풀 꺾인 며칠 뒤
소머리국밥집 앞에서 마주쳤다
충청도는 깻잎을 먹는다고 일러주었다

(『작가사상』 2020년 제18호)

해명을 요구하는 눈빛은 아니었지만 무언가를 만회해야만 될 것 같아
단풍 콩잎을 건넸다

〈일 포스티노(Il postino)〉는 1994년 래드포드 감독이 만든 영화이다. 이탈리아어로 '우편배달부'라는 뜻을 가진 〈일 포스티노〉는 제목에 어울리게 영화의 주인공이 우편배달부이다. 이탈리아의 작은 섬 칼라 디소토로 망명 온 시인인 파블로 네루다와 우편배달부 마리오가 시를 통해 서로 교감하고 우정을 나누는 이야기이다. 마리오와 베아트리체 루쏘와의 사랑이 더해져 아름답기까지 하다.

위의 작품은 영화 〈일 포스티노〉의 주제를 나름대로 패러디하고 있다. 작품의 화자는 "첫 시집을 냈"는데, "마지막 시집이 될 것 같아/면식은 없지만/평소 존경하는 시인 교수 평론가 분들께" 『단풍 콩잎 가족』을 보냈다". 혹시 분실되거나 잘못 전달될지 몰라 "익일특급으로 택배로 등기로" 보냈다. 그런데 받는 이가 이사를 가는 바람에 "여러 권 반송되어 왔다". 그러자 "우편배달부"는 "주소도 잘 모르면서 책은 왜 보내냐고" 땀을 흘리며 말했다. 화자는 우편배달부의 "해명을 요구하는 눈빛은 아니었지만/무언가를 만회해야만 될 것 같아" 자신의 시집을 선물로 전했다. 그리고 "더위가 한풀 꺾인 며칠 뒤/소머리국밥집 앞에서 마주쳤"는데, 우편배달부는 "충청도는 깻잎을 먹는다고 일러주었다". 우편배달부는 화자에게 『단풍 콩잎 가족』을 읽고 농담을 전하며 그 나름대로 친밀감을 표시한 것이다. 또 다른 "일 포스티노"의 장면인 것이다. (a)

마이닝 크래프트

이현승

모든 코골이에겐 그걸 듣는 누군가가 있지.
나란히 누워 굿나잇 했는데 곧장 코고는 소리가 들린다면
이번 여행에서 그 누군가는 당신 자신이겠지만
고막을 찢을 듯이 코를 골다가 갑자기 고요해지면
이번에는 깜짝 놀라 벌떡 일어나야 하겠지만

코를 고는 쪽이든 듣는 쪽이든
반드시 하나를 선택해야 한다면
어느 쪽이 덜 피곤할까 궁리해보겠으나
어느 쪽이든 잠의 깊이는 비슷할 것이다.
그리고 이따금 제 콧소리에 놀라 깬다는 건
아무도 없는 불 꺼진 기차역에 혼자 내린 기분.

자다가 죽는다면 오복 중의 복이라는 웃지 못할 농담도 있지만
수면무호흡은 중죄인의 보석을 허락할 만큼 무서운 병인데
초저녁에 곯아떨어졌다가 인기척에 깼더니
다섯 살 난 딸아이가 내 얼굴을 빤히 들여다보고 있을 때
나는 부끄러움에 발을 내디뎌야 할지
위로와 안도에 손을 내뻗쳐야 할지

나는 왜 코 고는 소리를 들으면
자꾸만 땅굴을 파는 소리처럼 느껴질까.
코 고는 소리에 잔뜩 집중하고 있는 딸아이의 표정은

아빠 너무 멀리 가지 마, 하고 말하는 것 같다.
나는 도대체 갱도 어디쯤까지 다녀온 것일까.

(『포지션』 2020년 여름호)

나는 부끄러움에 발을 내디뎌야 할지
위로와 안도에 손을 내뻗쳐야 할지

일반적으로 코골이는 질병 중의 하나이기도 하거니와 무엇보다도 동숙자(同宿者)의 수면을 방해하는 골칫거리 중의 하나다. 특히 당사자보다 그 소리를 들어야만 하는 타자들이 불면 속에서 그 심각성을 인지하는 게 코골이의 주요한 특성 중의 하나다. 예컨대 초저녁잠에 떨어졌다가 인기척에 깨어난 젊은 가장인 '나'의 다섯 살 난 딸의 눈과 마주칠 때 당혹감 또는 안도감이 그렇다. 애써 당당하고 건강한 척해도 불규칙하게 이어지는 코 고는 소리를 한참 자라나는 아이에게 들키고 말았다는 것은 큰 낭패감이 아닐 수 없다. 나이 어린 딸아이가 대개 극심한 육체적 피곤과 연결되어 있는 가장의 코골이를 연민 어린 시선으로 바라보고 있는 역시 결코 유쾌한 장면만은 아니다. 하지만 그럼에도 불구하고 어렴풋하게나마 아빠의 죽음을 걱정하는 어린 딸과 그런 딸의 마음을 헤아리는 아빠의 심정은 단지 슬프고 안타까운 것만은 아니다. 서로 걱정 어린 시선을 교환하고 그 의미를 헤아리며 서로의 마음의 갱도를 들여다보는 아빠와 딸 사이의 사랑의 '마이닝'이야말로 진정한 의미의 '마이닝 크래프트'인지도 모르기 때문이다. (b)

너는 나의 지어지지 않는 집

임경섭

은영은 물살에 삐져나온 머리카락을
수영모 안으로 밀어 넣고 있었다

새로 산 실리콘 수영모는
은영의 긴 머리카락을 단단히 잡아주었지만
삐져나온 것들을 정리하거나 수경을 고쳐 쓸 때마다
손가락 몇 마디에 낀 머리카락이 몇 가닥 뽑혀나가기 일쑤여서
은영은 레인을 한 번 왕복할 때마다
레인 끝에 기대서서
조심스레 벗은 수경을 목에 걸치고
앞머리와 옆머리와 뒷머리를
차례로 수영모 안쪽으로 천천히 집어넣어야 했다

이미 여러 번을 왕복한 은영은 마지막 왕복을 위해
레인 끝에 서서 머리카락을 정리하고 있었다

자신의 뒷머리를 마지막으로 정리하며 은영은
물속에서 일렁이고 있는 타일들을 내려다보고 있었다
몇 번을 왕복했는데
일렁이는 타일들이 왜 이제야 보였을까
생각하며 은영은 뒷머리를 찬찬히 정리하고 있었다

머리를 정리한 은영은

마지막 왕복을 위해 물속으로 들어갔지만
물속에서 타일들은 더 이상 일렁이지 않았다

수영을 멈춘 은영이 몸을 돌려 물 밖을 내다보자
물 밖의 천장이며 천장의 철제 구조물이며 구조물에 매달린 조명이
며
창문으로 들어오는 햇살이며 햇살 옆으로 지나가는 사람들이며
사람들의 그림자며 목소리며 하는 것들이
온통 일렁이고 있었다

(『문예바다』 2020년 봄호)

행여 딸이거나 애인일 수도, 혹은 아내 또는 아니 그 무슨 관계라고 해도 좋은 '은영'이라는 이름엔 우선 시각적으로 아름다우면서 가벼운 물방울을 닮은 자음 'ㅇ'이 세 개씩이나 들어 있다. 그리고 우린 '이응'이 세 개씩이나 들어 있는 '은영'이란 이름 속에서 결코 고체화될 수 없어 손에 쥘 수 없는 액체성을 느낀다. 무겁고 심각한 기의에서 해방된 '은영'이라는 기표가 새로 산 수영모를 쓴 채 물살을 가르다가 수영장을 빠져나온 직후 물에 젖은 몸으로 문득 우리 앞에 서 있는 듯한 느낌에 빠진다. 심플한 하늘색 빛깔의 수영장과 그 수면에 일렁이는 빛살이 따라 다니는, 아름다운 가벼움의 무게가 새겨져 있는 게, '은빛 그림자'를 연상시키는 게 '은영'이란 이름이라고 하겠다. (b)

퀘스트

마을에 도착했다.
이곳에서는 얼굴을 마주 보고 말을 해도 전염되지 않는다고 들었다.

사람들이 막사 앞에 앉아 불을 보고 있다.
후, 하고 숨을 불어넣으면
무엇이든 더 잘 탔다.

신선한 것들은 쉽게 불타지 않았다.
갓 베어낸 것들은 더욱 그랬다.

우리는 타들어가는 것을 바라보며 평화를 느끼고 있다.
더 오래 보고 싶어지고
두 눈은 비워두고 입술은 벌리고

언제부턴가 나는 또렷한 눈빛을 오히려 믿지 못했다 그렇게 말짱할
수 있는 눈빛에서 제외되고 제외되고 제외되고 제외되었던 것들이 보
였다 어떻게 눈동자 속에 자신의 눈빛만 담아둘 수 있는가 그럴 수는
없다고 생각했다

또박또박한 발음들이 군인처럼 걸어 다녔다.
이곳에 오기 전엔

옆 마을이 불타는 것을 목격했다.

불씨들이 날아와 내 옷에 앉았고 앉은 자리마다 구멍으로 변했다.

이 마을 사람들은 아직 놀고 아직 누워서 쉬고 아직 마시고 먹는다.
나는 불 속에 호일로 싼 감자를 밀어 넣는다.

내가 집게로 감자를 뒤집을 때
아이들이 냇가에서 돌덩이를 뒤집고 있다. 돌 아래에 살아 있는 것
이 있다고 한다.

(『문학과사회』 2020년 가을호)

신선한 것들은 쉽게 불타지 않았다.
갓 베어낸 것들은 더욱 그랬다.

한 무리의 사람들이 마을에서 마을로 이동하고 있다. 전염을 피해서 이동하는 것 같다. 새로 도착한 마을에서는 아직 얼굴을 마주 보고 말을 해도 전염되지 않는다고 한다. 막사 앞에 불을 피우고 있다. 화자는 눈앞의 불을 바라보며 평화를 느낀다. 불을 보는 두 눈은 비어 있고 입술은 방심한 듯 벌어져 있다. 아마도 오랜만에 맛보는 평화일 것이다. 이렇게 평화롭게, 따뜻하게 타오르는 불과 달리 화자가 옆 마을에서 목격했던 불은 마을 전체를 태우고 자신의 옷에까지 날아와 앉은 자리마다 구멍을 냈던 무서운 불이다. 그런 위협적인 불에서 벗어나 새로운 마을의 막사 앞에 앉은 '우리'의 눈동자와 입은 불을 향해 편안하게 벌어져 있다. 벌어진 눈과 입이 전혀 위협적이지 않은 것에 비해 "또렷한 눈빛"이나 "또박또박한 발음"은 위협적이고 차별적이다. "자신의 눈빛"만이 담긴 "또렷한 눈빛"들은 배제할 것들을 찾아 가차 없이 제거해나간다. 아직은 평화로운 이 마을은 과연 무사할 수 있을까? '나'는 오랜만에 불 앞에서 평화를 느끼며 불 속에 감자를 밀어 넣는다. 집게로 감자를 뒤집는 '나'의 동작과 이 마을 아이들이 냇가에서 돌덩이를 뒤집는 장면이 겹쳐진다. "돌 아래에 살아 있는 것이 있다고 한다." 영화의 한 장면을 보는 듯 강한 서사성이 느껴지는 이 시는 돌 틈에서 "살아 있는 것"을 부각하며 마무리된다. 타자를 배제하는 또렷한 눈빛이나 폐쇄적인 무리와 달리, 비어 있어 타자를 받아들이고 생명을 품는 눈동자나 불이나 돌 틈의 대비가 흥미롭다. (c)

기분 상점

임지은

창문을 여는데
죽은 새를 만져본 것 같았다

이건 누구의 기분이지?

나는 기분을 사러 갔던
최초의 기분을 생각했다

사방이 유리인 가게에서
나는 갓 태어난 아이의 기분을 샀다
연애편지를 쓰고 있는 사람의 기분을 샀다

정확한 기분을 느끼고 싶었지만
기분은 언제나 다른 기분과 조금씩 섞여 있었다

안개 + 레몬 = 깜짝 선물에 대한 기분
냉장고 + 인형 + 시체 = 심야 택시를 기다리는 기분
미용실 + 아스파라거스 + 돌 + 향신료 = 백 년 동안의 고독을 다
읽은 기분

어떤 기분은 사람을 죽일 수도 있다고 들었다
나는 자주 그런 기분에 휩싸였다
그럴 땐 서랍을 열어

달리고 있는 개의 기분을 삼켰다

심장이 터질 것 같은 개의 기분은
근육으로 만들어졌다
주인으로부터 출발했다
자꾸 밖에 나가자고 졸랐다

불안과 볼링핀이 쓰러지기 전에 집을 나왔다

도로 한복판에서 비둘기가 움직이지 않았다
죽음을 수행하려는 걸까?

나는 손끝이 베인 것 같은 기분이 들었다
엄지손가락을 빨자 비릿하게 피 맛이 났다

기분일 뿐이었는데
단지 기분일 뿐이었는데

어떤 기분은 사람을 죽일 수도 있다고 들었다
나는 자주 그런 기분에 휩싸였다

(웹진 『공정한 시인의 사회』 2020년 6월호)

어떤 기분은 사람을 죽일 수도 있다고 들었다
나는 자주 그런 기분에 휩싸였다

자기와 다른 존재자들과 교섭하는 과정이 원만한가 아닌가에 따라 얼마든지 달라질 수 있는 복잡다기한 기분은 '나'의 마음대로 처분할 수 있는 성질의 것이 아니다. 특히 저절로 느껴지는 마음의 유쾌함이나 불쾌함 따위의 감정이 애초부터 상품이 될 수 없는 까닭에 '기분 판매'를 전문으로 하는 상점이 있을 리 없다. 그럼에도 '나'는 '기분 상점'을 통해 다양하고 특별한 정서적 상태를 맛보고자 한다. 구체적으로 '나'는 "갓 태어난 아이"나 "연애편지를 쓰고 있는 사람"이 느끼는 행복한 기분을 사고자 한다. 동시에 "도로 한복판"에서 "움직이지 않"는 "비둘기"를 통해 결코 유쾌하지만은 않을 '죽음'의 기분조차 맛보고자 한다. 선택의 여지 없이 때로 "어떤" "사람을 죽일 수도 있다"는 극단적 감정의 기분조차 현존재로서 '나'의 존재 상황을 여실히 드러내고 있는 까닭이다. 자기반성 이전의 '나'의 존재를 원초적이고 근원적으로 드러내는 것이자 존재 개시의 장이 바로 어떤 근본 기분일 수 있기 때문이기도 할 것이다. (b)

낮과 밤을 넘어서

장석남

낮과 밤의 대화를 엿듣노라는
집 뒤의 소나무
빛이 새어 나가지 않도록
단속이 열심인
가지가지마다의 얼굴
뭐 펄쩍 뛸 일은 되도록
맞지 않겠노라는
그 그늘 가에서
가을을 논하노니
하늘 올려 보는 찡그림도
나쁜 일은 아니야

(『시인수첩』 2020년 가을호)

하늘 올려 보는 찡그림도
나쁜 일은 아니야

만일 낮과 밤의 대화를 엿듣는 소나무가 실재한다면 그 소나무는 단지 일 개 식물 중의 하나가 아니다. 굳이 가시적인 눈이 필요하지 않는 집 뒤의 소나 무는 그 자체가 자신만의 고유한 정신이다. 자신을 드러내는 최소한의 '빛'조 차 "새어 나가지 않도록/단속"하고 절제하는 만큼 더 많은 것들을 꿰뚫어 보 는 각자(覺者)에 다름 아니다. 복잡다단한 인간의 본능적인 감정이나 충동을 완전히 제어하거나 소유하는 경지에 이른 현자(賢者)의 인격화에 가깝다. 그 러나 자신의 정신을 온전히 소유한 자라도 인간이라면 인생의 가을을 맞이하 기까지 어찌 "펄쩍 뛸 일"이 하나쯤 없겠는가. 우린 다만 뜻하지 않는 그런 생 의 봉변을 되도록 피해 가기 위해 홀로 있을 때에도 도리에 어긋남이 없도록 언행을 삼가는 '신독(愼獨)'의 자세가 필요하다. 가장 일상적인 행위에 있어서 도 고유한 정신이 훼손되지 않도록 하는 세심한 주의가 그리 나쁜 것이라고 할 수 없다. (b)

날짜들

장옥관

어제가 오늘을 게워낸다

미나리꽝의 미나리가 솟듯
개미가 죽은 어미를 업듯이 하루가 자란다

녹음이 녹음을 밀어낸다

죽음의 속눈썹 안에는
깎다가 튕겨나간 손톱 달

무덤 속에서도 자란다는 손톱

자라고 커지고 부풀고
이윽고

어둠에서 태어나 한사코 어둠으로

공중을 날아가던 검은 새
오도 가도 못한 채 멈춰 있다

(『문학동네』 2020 가을호)

미나리꽝의 미나리가 솟듯
개미가 죽은 어미를 업듯이 하루가 자란다

어제에서 오늘이 생겨나고 죽음에서 생명이 자라난다. 오늘은 어제가 죽은 자리에서 생겨난 새로운 날짜이다. "미나리꽝의 미나리가 솟듯/개미가 죽은 어미를 업듯" '하루'가 자라나는 모습이 실감 나게 그려진다. 죽음의 자리 위로 새로운 시간은 눈부시게 솟아오른다. 짙어가는 녹음 또한 어제의 초록에 오늘의 초록이 덧대어진 것이다. 검은 밤하늘은 어떤가? "죽음의 속눈썹" 안에서 "깎다가 튕겨나간 손톱 달"이 자란다. "무덤 속에서도 자란다는 손톱"처럼 달은 날마다 차오른다. "자라고 커지고 부풀고" 하다가 다시 작아지고 줄어들며 어둠으로 돌아간다. 그믐의 어둠 속으로 검은 새가 날아간다면 보이지 않을 것이다. 이런 단순한 시각 현상을 "공중을 날아가던 검은 새/오도 가도 못한 채 멈춰 있다"로 변주한 공간의 시간화가 탁월하다. 어두운 밤하늘을 나는 새가 새로 태어나는 겹겹의 시간 속에 갇혀 하염없이 날갯짓만 하는 듯한 형상이 펼쳐진다. 눈에 잡힐 듯 선명하게 묘사된 자연 현상을 통해 시간의 끊임없는 움직임이 절묘하게 포착되고 있다. (c)

은영에게

장혜령

퇴근길, 버스 안에서
한 남자가 좌석 하나에 넘치는 몸을 기울여올 때
영혼이 한 개 반이거나
둘 혹은 셋인 사람들이 느끼는
감정을 생각해

풍향계가
자기도 모르게
바람의 마음을 가리키듯

알 것 같아
식당에서, 반듯하게 접힌 냅킨에는
반드시 그만큼의 슬픔이 깃들어 있다는 걸

격자무늬의 테이블보와
에이프런,
주문서의 숫자들
그들의 질서에는, 반드시

거리를 걷다 보면
곳곳에서 거울로 된 심장을
부수는 연인들

흰 돌 다음 검은 돌
검은 돌 다음 흰 돌
나무판 위에라도
다시 집을 짓는
노인들

해 질 녘의 집 없는 개처럼
급식소 앞을 기웃거리며
밥 먹는 순서를 두고
싸우고, 또 싸우면서……

이 도시에서
나와 같은 이름을 가진 소녀들은
모두 한 아버지의 사생아일지도 모르고

길목마다 버린 딸들에게
같은 이름을 주고 떠난, 세상 어디에나 있는
그런 아버지

한밤, 이름할 수 없는 슬픔이 나를 찾아와
불을 끄고 창밖을 바라볼 때면
응답처럼
먼 곳에서 불이 켜지고

나는 0과 1의 세계에서
9를 잃어버린 것처럼
너를 떠올렸지

만난 적 없는
나의 자매,
이 슬픔은 내 것이 아니라, 너의 것이라고

(『현대문학』 2020년 1월호)

한밤, 이름할 수 없는 슬픔이 나를 찾아와 불을 끄고 창밖을 바라볼 때면
응답처럼 먼 곳에서 불이 켜지고

도시에서 슬픔을 느끼게 되는 이유는 무엇일까? 그토록 많은 사람과 반듯한 질서가 자리 잡고 있지만 도시는 지독한 고독과 슬픔을 느끼게 한다. 퇴근길의 버스 안에서 낯선 남자가 좌석 하나에 넘치게 몸을 기울여올 때, 이 시의 화자는 영혼과 감정을 떠올린다. 풍향계가 바람의 마음을 읽어내듯, 물리적 자극에 비례하는 정서적 반응을 일으키는 것이다. 화자는 도시의 모든 사물과 풍경에 내포된 슬픔을 읽어낼 수 있다. 식당의 반듯하게 접힌 냅킨이나 격자무늬 테이블보와 에이프런, 주문서의 숫자들에서도 그만큼의 슬픔을 찾아낸다. 도시의 질서 속에는 그것에 갇힌 슬픔이 가득하다. 연인들은 거울로 된 차가운 심장을 부수고, 노인들은 나무판 위에라도 다시 집을 지으려 하고, 무료급식소 앞에서는 밥 먹는 순서를 두고 서로 싸우는 사람들이 있다. 화자는 이 도시에서 자신과 같은 이름을 가진 소녀들을 떠올리며 그들이 느끼는 슬픔을 함께한다. 도시는 0과 1로 이루어진 디지털 공학 같은 규격화된 질서로 움직이고 있지만, 화자는 아날로그적인 감성으로 그곳에 가득한 슬픔을 감지한다. (c)

격세지감
— 코로나 19 · 대구

정대호

2020년 2월 16일까지 대구는
감염자가 한 사람도 없는 청정지역이라 했습니다.
다른 지역에서 전염병 확진자가 나왔다고 해도
먼 나라 이야기였습니다.

2월 18일 31번 확진자, 첫 대구 감염자
신천지 교회 여자 신도가 나왔습니다.
그 다음부터는 신천지 교회를 중심으로
하루에도 몇십 명, 몇백 명으로 불었습니다.
전국의 확진자의 팔 할을 넘었습니다.
전국의 확진자도 거의 다 대구의 신천지 교회를 다녀간 사람들이었
습니다.
서울로 부산으로 인천으로 대전으로 광주로 울산으로
경기도로 강원도로 충청도로 전라도로
코로나19 바이러스를 전국으로 골고루 나누어 주었습니다.
대구 봉쇄 이야기도 나왔습니다.

대구는 이미 심리적으로 봉쇄를 당했습니다.
김해에 사람을 만나러 간 김씨는
찻집에 들렀다가 대구에서 왔다는 이유로
나가달라는 말을 들었습니다.
만난 사람 반갑다고 손을 잡으려 하였습니다.
상대방이 손을 빼고 멀리 떨어져

고개를 돌렸습니다.
같은 나라에 살면서 이럴 수가 있나 싶었습니다.

아들 회사에서 대구에 가면 2주 동안 나오지 말라고 해서
서울에 사는 아들을 문경에서 만난 박씨는
점심을 먹으러 식당에 갔습니다.
말을 하다가 대구에서 왔다는 말을 들은
옆에 앉은 사람이 밥그릇을 들고 먼 자리로 가버렸습니다.
그 박씨는 봉화에 물건을 팔러 갔다가
대구 사람이 왜 왔냐고 왜 돌아다니느냐고
핀잔 섞인 농담을 들었습니다.
대구 사람, 참 기분이 묘합니다.

저녁 6시 동성로에 사람이 없습니다.
가게들이 '임시 휴업' 문을 달았습니다.
걸어가면 사람들 홍수에 어깨가 부딪히던 거리에
비닐봉지들이 바람에 날리고
신문지들이 길가에 나풀거립니다.
봄이 왔는데도 한겨울 새벽처럼 을씨년스럽습니다.
사람들이 집에서 나오지 않습니다.
대구 사람, 참 기분이 묘합니다.

(『사람의문학』 2020년 여름호)

봄이 왔는데도 한겨울 새벽처럼 을씨년스럽습니다.
사람들이 집에서 나오지 않습니다.

　　"2020년 2월 16일까지 대구는/감염자가 한 사람도 없는 청정지역"으로 불렸다. "다른 지역에서 전염병 확진자가 나왔다고 해도/먼 나라 이야기였"다. 그런데 "2월 18일 31번 확진자, 첫 대구 감염자/신천지 교회 여자 신도가 나"온 뒤 "그 다음부터는 신천지 교회를 중심으로/하루에도 몇십 명, 몇백 명으로 불었"고 "전국의 확진자의 팔 할을 넘었"다. "전국의 확진자도 거의 다 대구의 신천지 교회를 다녀간 사람들이었"다. 이렇게 되자 "대구 봉쇄 이야기도 나왔"을 정도로 "대구는 이미 심리적으로 봉쇄를 당했"다. 전국 어디를 가도 "대구"에서 왔다고 하면 다들 꺼리는 수모를 당해야 했고, 사람들이 집에서 나오지 않아 시내의 가게들도 문을 닫을 수밖에 없었다.

　　인구 250만 명인 도시에서 하루 수백 명씩 코로나19의 확진자가 나오자 대구 시민들뿐만 아니라 전 국민들이 놀랐고, 방역당국도 비상이 걸렸다. 명확한 매뉴얼이 없는 상황에서 처음 경험한 데다가 병상이며 의료 인력이 부족해서 시행착오를 겪을 수밖에 없었다. 그렇지만 높은 시민의식과 의료진들의 헌신적인 진료와 다양하면서도 효율적인 방역 대책으로 극복할 수 있었다. 결국 대구의 방역은 대한민국 방역의 기술과 운영 체계를 이루는 토대가 된 것이다. 코로나19가 발생된 지 1년이 넘었는데도 아직까지 종식되지 않고 있다. 그러나 대구의 정신이 있기에 전망은 결코 어둡지 않다. (a)

투쟁

정세훈

우르르 쾅! 우르르 쾅!
천둥이 울린다

번쩍! 번쩍!
번개가 친다

쏴와아! 쏴와아!
폭풍이 분다

주룩! 주룩!
장대비가 쏟아진다

휘청! 휘청!
풀잎이 요동친다

풀잎에 앉은 잠자리 꿈쩍 않는다

(『문학청춘』 2020년 가을호)

풀잎이 요동친다
풀잎에 앉은 잠자리 꿈쩍 않는다

　"천둥이 울"리고 "번개가" 치고 "폭풍이" 불고 "장대비가 쏟아"지고 "풀잎
이 요동"을 치는데, "풀잎에 앉은 잠자리 꿈쩍 않는다". 이와 같은 "잠자리"의
대처법에서 큰 "투쟁"의 자세를 발견한다. "잠자리"가 "풀잎"에 가만히 앉아
있다고 해서 폭풍우를 회피하는 것이 아니다. 만약 "잠자리"가 폭풍우에 맞서
려고 날개를 펼친다면 어떻게 될 것인가. 승리는커녕 목숨을 잃는 것은 자명
하다. 따라서 "풀잎에 앉은 잠자리 꿈쩍 않는" 것은 조용한 가운데 부단히 "투
쟁"하는 모습이다. "잠자리"는 기다리고 있으면 언젠가 폭풍우가 그칠 것이
라고 믿고 있다. 자신을 믿고 기다릴 줄 알아야 "투쟁"에서 이길 수 있는 것이
다. (a)

표준어

강냉이를 삶으며 탄구뎅이 개락인 산을 바라보다가
고뱅이 아프도록 산비알 감재밭을 메던 울 엄마는
안죽도 구뎅이에서 나오지 않은 검은 사내를 걱정했다

표준어 규정 제1장 1항
—표준어는 교양 있는 사람들이 두루 쓰는
—현대 서울말로 정함을 원칙으로 한다

본적지 : 경북 봉화군 물야면 오전리 용목
성장지 : 강원도 삼척군 장성읍 계량촌
내 성인식을 기념해 장성읍은 태백시로 바꿨다만
교양 있는 사람들이 두루 쓰는 현대 서울말?
표준에 비켜선 남사스러운 삶은
야만스러운 갱도 속에서 무참히 망가졌다

햇감재처럼 하늘이 맑은 날
낭구를 박차고 날아온 곤줄박이 몇 놈 승질을 부려댄다
그믄, 서울 사람 아니믄 교양인이 아니나?
그믄, 탄만 캐다 탄화가 된 저 사내들은 개죽음 아니나?
우째, 말끝마다 마른 풀잎 꺽꺽대는 텃새 사투리가 불쌍타.

햇감재처럼 하늘이 맑은 날
낭구를 박차고 날아온 곤줄박이 몇 놈 승질을 부려댄다

　같은 언어를 사용하면서도 지역마다 말이 너무 다르면 의사소통에 문제가 생길 것이므로 1933년 조선어학회가 한글 맞춤법 통일안을 제시하면서 표준어를 규정했다. 그 원칙이 "표준말은 대체로 현재 중류사회에서 쓰는 서울말로 한다."였다. 시대의 흐름에 따라 한글의 표준어 규정도 다시 갖출 필요가 있어 여러 차례의 연구를 거쳐 1988년 표준어 규정과 한글 맞춤법을 규정지었다. 표준어를 "교양 있는 사람들이 두루 쓰는 현대 서울말"로 규정했다. 표준어 규정이 방언을 쓰는 사람들의 표현의 자유를 위축시키고 교양이 없는 것으로 여길 가능성이 있어 논란이 되었고, 헌법재판소에 위헌 확인을 구하는 헌법소원이 제기된 적도 있었다. 서울말을 표준어로 만든 것은 서울이 대한민국의 수도로서 영향력이 크고 보급이 쉬워서였지 다른 방언보다 우수하기 때문이 아니었다. 그렇지만 정치, 경제, 행정, 문화 등 모든 면에서 서울의 영향력이 지나치게 큼으로써 방언의 사용이 위축되고 있는 것이 현실이다.

　위의 작품의 화자는 "교양 있는 사람들이 두루 쓰는 현대 서울말?"이라고 대항하고 있다. 마땅히 그러할 필요가 있다. "강냉이를 삶으며 탄구뎅이 개락('매우 많다')인 산을 바라보다가/고뱅이('무릎') 아프도록 산비알 감재밭('감자밭')을 메던 울 엄마는/안죽도('아직도') 구뎅이에서 나오지 않은 검은 사내를 걱정"하는 어머니의 마음이야 말로 생생한 민중의 목소리가 아닌가. 그 어머니의 말을 살리는 것이 방언이 아닌가. (a)

찬 공기 세워

정우영

섣달 열엿새 날 새벽,
참새보다 일찍 깨어 숨죽이고
세상에서 제일 귀한 소리 기다린다.
언제나 들려올까, 딸의 바스락거림.
귀가 하염없이 길어지는 것 같다.
바람결조차 불안하던 팔십년대,
도망치다 숨어든 고라니처럼
등 돌리고 움츠려 가위눌리곤 했을 때.
안방에서 들려오던 당신의 기침 소린
그 무엇보다 든든한 종소리 같았다.
새 날을 환히 열어젖히는.
은근, 창문에 여명이 물들어오고
슬쩍, 바람이 스며들어 재재거렸다.
이순이 되고 보니 알겠다.
당신도 실은 나처럼 가위눌리다
내 부스럭거림에 가슴 쓸어내렸음을.
한참 동안 찬 공기 세워
둔탁한 입김을 흩뿌리다가
딸내미 깨어나는 뒤척임에 흐뭇해진다.
당신처럼 나도 막 눈떴다는 듯이
큼큼,

청신한 기침 문틈에 싣는다.

(『시에』 2020년 겨울호)

한참 동안 찬 공기 세워 둔탁한 입김을 흩뿌리다가
딸내미 깨어나는 뒤척임에 흐뭇해진다.

"섣달"이란 '설이 드는 달'이란 뜻으로 1월이 되어야 하는데, 실제로는 12월을 나타낸다. 한 해의 첫 달을 음력 12월로 잡고 12월 1일을 설로 쇤 관습이 남아 있기 때문이다. 지금은 음력 1월을 한 해의 첫 달로 잡고 1월 1일을 설로 쇠고 있다.

위의 작품의 화자는 "섣달 열엿새 날 새벽,/참새보다 일찍 깨어 숨죽이고/세상에서 제일 귀한 소리 기다"리고 있다. 그것은 "딸의 바스락거림"이다. 힘든 세상살이를 하는 자식이 잠자리만이라도 가위눌리지 않고 편안하게 자는 것을 확인하고 싶은 것이다. 화자는 자식의 그 소리를 들으려고 기다리는 동안 "바람결조차 불안하던 팔십년대"를, "도망치다 숨어든 고라니처럼/등 돌리고 움츠려 가위눌리곤 했을 때"를 떠올린다. 그리고 "안방에서 들려오던 당신의 기침 소린/그 무엇보다 든든한 종소리 같았"던 상황도 떠올린다.

식구들이 무사한 것이야말로 큰 안심이고 행복이다. 화자는 그 의미를 "이순이 되고 보니 알겠다"고 고백한다. 주지하다시피 공자는 『논어』의 위정편에서 "육십이이순(六十而耳順)"이라고 말했다. 자기의 의견을 지니면서도 타인의 의견에 순순히 귀를 기울이게 되었다는 것이다. 이 경지는 자신만큼 다른 사람을 사랑하는 마음을 가질 때 가능한 일이다. "믿음과 소망과 사랑 중에 그중에 제일은 사랑이라"(〈사랑〉)는 성가곡이 떠오르는 새벽이다. (a)

스키드 마크

정한아

아라뱃길에서 집으로 돌아오는 길
다리가 뭉개진 채 쓰러져 있던
직박구리 옆에서 다른 직박구리 한 마리가
계속 울어대고 있었다 어떡하지,
도로에 뛰어들어 다친 직박구리를 구하려면
나는 도로에 들러붙은 다리를 떼어내야만
하겠지, 어떡하지, 망설이는 사이
승용차 한 대가 커브를 돌아 쓰러진
직박구리의 전체를 밟고 지나갔을 때,
운전자는 너무나 작은 죽음을 채
느끼지도 못했을 것이다, 옆에 앉아
울던 다른 직박구리는 고가도로 아래로
황급히 피해 다시 울고 끝없이 울고
며칠 후 죽은 직박구리는 흔적도 없어졌다
그 길을 나는 수없이 운전해 다녔고, 그 사거리를
지날 때마다 옆에서 울던 직박구리마냥
무력했던 내 마음을 생각한다 끔찍해서
뭉개진 가느다란 다리를 도로에서 떼어내지
못한, 더 끔찍한 나의 무능력을 생각한다
도시의 끔찍함을 생각한다 끔찍함을
보고 배우고 실천하는 끔찍한 삶을
생각한다 구해주어도 별 수 없었을 거야

도로에서 다리를 떼어낼 때 직박구리는
이미 다리가 없어졌을 거야, 직박구리를
들고 나는 어디로 가야 했을까? 직박구리를
고쳐주는 병원이 있기는 해? 이 소도시에?
이 무수한 생각을, 직박구리가 차에
치이기 전에도 생각했고, 치인 뒤에도,
비명을 지른 뒤에도, 울던 다른
직박구리가 영원히 고가 아래에서
울고 있을 때에도, 한참을 놀라 그 자리에
서 있을 때에도, 집에 돌아와
남편에게 전화로 이야기하며
울 때에도, 반 년 후에도, 이사한
후에도 생각하고 있다 울부짖던
직박구리의 영원한 슬픔과 무기력과
자책을 영원히 느끼고 있다
새들의 삶이란 그런 것인걸,
문명 속에서의 삶이란 그런
것인걸, 생각하면서

나는 얼마나 많은 것을 밟고
다녔나 그런데, 가증스럽게도,
뭉개진 다리가 징그러워 구해주지

못한 것이 어쩔 수 없는 무능력이었다고
변명하는 이 글쓰기야말로
가장 끔찍한 스키드 마크다

(『문학동네』 2020년 봄호)

직박구리는 참새목 직박구리과의 작은 새이다. 몸집이 작고 다리도 가늘다. 차바퀴에 짓눌린 직박구리의 다리를 떼는 것은 당연히 어려운 일이다. 너무 가냘픈 몸은 만지기도 두려운 법이다. 화자가 이렇게 지극히 자연스러운 감정 때문에 도로에서 직박구리의 다리를 떼어내지 못하는 사이, 다른 승용차가 다친 직박구리를 완전히 밟고 지나가는 참사가 일어난다. 순식간에 벌어진 일이지만 그곳을 지날 때마다 다친 직박구리와 그 옆에서 울어대던 다른 직박구리의 모습이 환영처럼 떠오른다. 직박구리에게 가해졌던 무지막지한 폭력과 대비되어 다리를 떼어내지 못해 망설이던 화자 자신의 소심한 태도는 한없이 무기력하게만 느껴진다. 직박구리가 당한 끔찍한 폭력과 죽음보다 아무것도 하지 못한 채 그것을 지켜보기만 했던 자신의 무능력을 더 끔찍하게 느끼고, 이런 끔찍함을 "보고 배우고 실천하는" 도시의 끔찍함에 전율한다. 그리고 다른 무엇보다 가녀린 생명 하나 구하지 못하고 그 지울 수 없는 기억을 변명하듯 쓰고 있는 자신의 무능력한 글쓰기를 가장 끔찍한 '스키드 마크'라고 고백한다. 스키드 마크는 자동차가 급제동할 때 생긴 바퀴 자국으로 사고 현장의 결정적인 증거가 된다. 직박구리의 죽음을 그린 이 시는 도시의 끔찍한 생리를 증언하는 스키드 마크로서 깊은 인상을 남긴다. (c)

다시 신방

조규남

반세기 먼저 가신 아버지 곁에
어머니 다소곳이 드신다
젊은 아버지가 알아보지 못할까 봐
탈관하시고 수의 곱게 여미신다
이승에서 마련한 집 벗어버린
홀가분한 발걸음이다

사랑은 잠시 중단되었을 뿐
이승과 저승에서 서로 끌어당기고 있어

우거진 가시덤불 헤치고
가파른 길을 올라
양지바른 산자락 조용히 찾으신다

우리들의 어머니로만 알았는데
긴긴밤에도 일만 하실 줄 알았는데
몸 하나 누일 넓이면 그만이라며
곱디고운 신부로 아버지 곁에 누우신다

온 산이 흐느껴도
이별의 인사도 당부의 말도 없으시다
아무도 엿보지 못하게

한 삽 한 삽 흙을 끌어다 덮으시는 어머니

다시 차린 신방은 철옹성이다

(『미래시학』 2020년 봄호)

사랑은 잠시 중단되었을 뿐
이승과 저승에서 서로 끌어당기고 있어

유교주의 사회에서는 어머니라는 칭호가 내포하는 의미가 크다. 생명을 탄생시켰을 뿐만 아니라 자녀를 위해 헌신하는 면이 반영되어 인자하고 강하고 위대하게 불리는 것이다. 실제로 어머니는 한 가정의 살림을 책임지고 자녀를 기르는 일로 자신의 생을 희생했다. 그런데 그것이 주체적인 것이라기보다는 유교주의 제도에서 요구하는 삼종지도(三從之道)에 의한 것으로 새롭게 인식할 필요가 있다. 근대 교육이 보편화되면서 어머니의 의식과 삶의 양식이 변했지만, 헌신이 요구되는 어머니의 역할은 결코 사라지지 않고 있다.

위의 작품은 유교주의 제도에서 간주해온 "어머니"를 여성의 존재로 귀환시키고 있다는 점에서 주목된다. "어머니"는 "반세기 먼저 가신 아버지 곁에" "다소곳이 드"시는데, "젊은 아버지가 알아보지 못할까 봐/탈관하시고 수의 곱게 여미신다". "우리들의 어머니로만 알았는데/긴긴밤에도 일만 하실 줄 알았는데/몸 하나 누일 넓이면 그만이라며/곱디고운 신부로 아버지 곁에 누우"시는 것이다. 그리하여 화자는 "아무도 엿보지 못하게/한 삽 한 삽 흙을 끌어다 덮으시는 어머니"가 "다시 차린 신방"이 "철옹성이" 되길 마음 깊이 응원한다. 같은 여성으로서 기꺼이 연대하는 것이다. (a)

심야

헐벗은 밤이
찡그리는 내 손에
검은 장갑을 끼워주었다

두 겹을 끼면
두 명이 움직이는 효과가 난다고 동료가 말했다

이불을 반듯하게 접어놓으면 일이 끝나는데

모서리가 보이지 않는 검은 이불이 끝없이 펼쳐져서
일이 계속되었다

아무데나 찌르면 검은 물이 쏟아지는 작업장은

하나 남은 수평선을 삼켜버려서

심야는 장갑을 더듬어서 동료의 거리감을 확인하는 사이

야간조가 되면 낮이 계속되어서 밤이 부족해진다

밤이 부족하다는 것은 거의 모든 것이 부족하다는 말이었다

깊은 밤에도 창문은 더러워지고

꽃병이 깨졌으므로

검은 물 뒤에 검은 물

검은 물 옆에 검은 물이 겹겹이

심야를 이루어갔다

나는 날카로워져서
두 겹의 장갑 속에 모두 숨어 있었다

(『서정과 현실』 2020년 하반기호)

야간조가 되면 낮이 계속되어서 밤이 부족해진다
밤이 부족하다는 것은 거의 모든 것이 부족하다는 말이었다

정상적이라면 모든 것들이 깊이 잠들어 휴식을 취해야 마땅한 깊은 밤. '나'는 강제적으로 자신의 손에 두 겹의 '검은 장갑'을 끼워주는 걸 느낀다. 두 겹의 장갑을 끼면 두 명의 노동자가 일어나는 효과가 난다는 낭설이 의심 없이 통용되는, 아무 데나 찌르면 죽음의 검은 물이 쏟아지는 열악한 조건의 야간조 작업장에서다. 모서리가 보이지 않는 검은 이불이 끝없이 펼쳐지듯 고된 작업의 노동이 꼬리를 물고 이어지는 심야에서다. 거기서 '나'는 작업을 위해 환하게 켜놓은 전등 때문에 정작 밤의 평화가 깨지면서, 정작 모든 것이 부족해지는 것을 느낀다. 오직 노동의 보조 수단인 장갑을 통해서만 동료 간의 거리감을 확인할 수밖에 없는 어떤 노동현장에서 '나' 하나 남은 희망의 수평선마저 삼켜버린 헐벗은 밤을 고발한다. 차라리 밤 노동자의 목소리가 일체 거세된, 모든 희망이 끊긴 텅 빈 '심야'의 풍경이 더 아프게 다가온다. (b)

치유는 땅에 가까워지는 것이다

조성웅

1.

먹고 죽은 귀신이 때깔도 고운 때는 이미 지나갔다
너무 잘 먹은 것이 죄다 독이다

독에 중독된 몸은 고통스럽게 죽어갈 것이다
고통조차 두려워 모르핀 쇼크로 죽어갈 것이다
죽는 순간까지 촘촘하게 삥 뜯기며 죽어갈 것이다

이제 몸은 이윤의 새로운 세계시장이 되었다
화해할 수 없는 계급투쟁의 전장이 되었다

식탐을 이기지 못하는 곳에 이윤이 있고
증상을 견디지 못하는 곳에 이윤이 있다

한 줌의 알약으로 완치를 꿈꾸었으나
스스로 몸에 뿌린 제초제였다
몸의 면역체계는 이윤이 되지 못했다

약을 팔아먹기 위해
질병을 기획하고
아픈 몸을 대량 생산했다
약을 팔아먹기 위해

새로운 세균과 바이러스를 대서특필하고
공포와 두려움을 증폭시켰다
생명이 아닌 것이 자본주의였다.

독극물 : 백신이라고 쓰고 몸에 대한 배신행위라고 읽는다

곧 백신 접종 여부가 출입증이 되고 여권이 되며
국민의 새로운 신분증이 되는 날이 올 것이다
  ; 난 국가 밖에서 출입증 없이, 여권 없이, 신분증 없이 난민으로 살
것이다

      2.

내 의지는 혁명을 꿈꾸었으나
내 혀는 자본주의에 길들여져 있었다
매일 매일 자본주의에 길들여진 혀들이 돋아났다
먹음직하고 자극적인 것들 뒤에서 질병이 오고
이윤이, 사적 소유가, 명령과 위계가,
감시와 통제가 부활했다
  ; 이것은 모든 혁명이 맞닥뜨릴 수밖에 없는 정치적 기형에 대한 이
야기다

비어 있으라
비어 있는 것만으로도 큰 싸움이다

비워내고 비어 있는 몸에 땅을 들여야 한다

GMO도, 제초제도, 농약도, 화학비료도, 다량의 질소도
착취다
이윤이다
땅에 어떤 짓도 하지 마라
몸에 어떤 짓도 하지 마라
"모든 치유는 자연치유, 스스로 치유하는 것이다"*

아픈 몸은 사유하는 몸이다
때에 맞춰 살아갈 뿐
"불치도 완치도 없는 것이 삶이다"**

전문가에게 의탁하지 마라
누구나 아무나 배워 스스로를 치유할 수 있다
내 몸에 하는 침뜸은
몸에서 일어하는 계절의 변화를 성찰하는 일이고
몸에 대한 자기결정권, 통제권을 갖는 일이다

치유는 땅에 가까워지는 것이다

서로를 꿈꾸고
풀 한 포기까지 이름을 얻는 것이다
바람에 몸을 내맡기는 풀꽃처럼 춤을 추는 것이다

꼼지락
꼼지락
미생물처럼 땅에 깃들어
"간신히 살아간"*** 이의
혁명론을 읽는 저녁이 있다
2020년 10월 18일

* 돌쑥, 〈내 몸에 침뜸하기〉 강의 중에서 인용.
** 돌쑥, 〈내 몸에 침뜸하기〉 강의 중에서 인용.
*** "간신히 살아간다" 권정생 선생의 말씀 .

(『사람의 문학』 2020년 겨울호)

비어 있으라 비어 있는 것만으로도 큰 싸움이다
비워내고 비어 있는 몸에 땅을 들여야 한다

위의 작품의 화자는 "내 의지는 혁명을 꿈꾸었으나/내 혀는 자본주의에 길들여져 있"다고 고백한다. "매일 매일 자본주의에 길들여진 혀들이 돌아"나 "먹음직하고 자극적인 것들 뒤에서 질병이 오고/이윤이, 사적 소유가, 명령과 위계가,/감시와 통제가 부활했다"고 진단하는 것이다. 따라서 화자는 그 대안으로 "비어 있으라/비어 있는 것만으로도 큰 싸움이다"라고 자각하고 있다.

자본주의는 좀 더 소유하고 싶어 하는 사람들의 탐욕을 적극적으로 이용해 자기 체제를 유지한다. 따라서 자본주의 체제는 적자생존의 원칙을 철저히 적용해 강자가 더욱 강해지는 방향을 선택한다. 약자가 더욱 약해지는 결과나 경쟁 과정에서의 공정성은 중요하게 여기지 않는다. 따라서 "비워내고 비어 있는 몸에 땅을 들"이고자 하는 화자의 행동은 주목된다. "GMO도, 제초제도, 농약도, 화학비료도, 다량의 질소도/착취"이고, "이윤이"므로 화자는 "땅에 어떤 짓도 하지 마라/몸에 어떤 짓도 하지 마라"고 외친다. "모든 치유는 자연 치유, 스스로 치유하는 것"을 믿고 있기 때문이다. 이와 같은 화자의 저항은 거대한 자본주의의 흐름을 막는 데는 역부족이지만, 시인의 임무로 삼아야 하지 않겠는가. (a)

붙박이장

조원

죽어가는 마음을 정리하여
좌심방 맨 아래 칸에 수납하였는데
밤만 되면 삐거덕 열린다

염조차 되지 않은 기억이라서
어설프게 밀봉하고
전세 만료 날,
과감히 두고 가리라 다짐했다

비 맞은 아프간하운드의 털처럼
치렁하게 뒤엉킨 사념이
터져 나올 때마다
나는 시계를 쳐다보았다

붙박인 생각들 정리할 수 없다면
문에다 못을 박아버릴까
가난을 면하기 위해
새벽은 나를 압박하는데

영특한 사람은 설계도를 그려서
통장을 채우고
영세한 사람은 벽돌을 쌓아서

허기를 채운다고 한다

솜처럼 터져 나오는 잡념으로
목련을 그린다면
나무만 더러워질 뿐

꿈의 입술은 청포도
오늘의 목구멍은 포도청

비틀비틀 일어나 작업복을 꺼내 입었다
문짝 같은 벽과
벽 같은 문짝 안에서

(『주변인과문학』 2020년 겨울호)

위의 작품의 화자는 "죽어가는 마음을 정리하여/좌심방 맨 아래 칸에 수
납"해놓고, "전세 만료 날,/과감히 두고 가리라 다짐했다". 그런데 "붙박이장"
처럼 고정시키려고 한 그 마음이 "밤만 되면 삐거덕 열린다". "어설프게 밀
봉"했기 때문이기도 하지만, "염조차 되지 않은 기억" 때문이다. 화자는 그 기
억으로 말미암아 상대적 박탈감을 느낀다. "영특한 사람은 설계도를 그려서/
통장을 채우고/영세한 사람은 벽돌을 쌓아서/허기를 채운다고" 하는 세상 사
람들의 말에 동의하는 것이다.

화자가 상대적 박탈감을 갖는 것은 자본주의 사회에서 살아가는 존재이므
로 경제적 소득과 관계가 깊다. 그러므로 화자는 힘들지만 극복하는 길을 내
다보고 있다. "비 맞은 아프간하운드의 털처럼/치렁하게 뒤엉킨 사념이/터져
나올 때마다" "시계를 쳐다보"는 것이 그 모습이다. 화자는 "가난을 면하기 위
해/새벽"이 자신을 압박하는 것을 느낀다. 그리고 마침내 "꿈의 입술은 청포
도/오늘의 목구멍은 포도청"이라고 여기고 "비틀비틀 일어나 작업복을 꺼내
입"는다. 노동자로서 힘을 내는 것이다. ⓐ

순간의 진실

조은

불행의 문장들이 나를 잡아챘다
나를 끌고 사막으로 들어갔다
순순히 끌려가는 나를
바람이 알아챘다

사막에서는
고통이라는 말이 떠오르지 않았다
바짝 마른 바람의 뿌리 같은 모래가
촉을 틔우려 달려드는

사막의
셋집을 전전하며 깨달았다
나는 내 집을 떠나 살 체질이
아니라는 걸

뽑히지 않는 그림자에 매달려 살다
사막의 한 점으로 내려앉을 때
깨달았다

살을 파고드는

진실의 입자들
얕은 숨결에도 감응하는

(『현대문학』 2020년 3월호)

뽑히지 않는 그림자에 매달려 살다
사막의 한 점으로 내려앉을 때 깨달았다

한국시에서 관념어는 다소간 기피의 대상이다. 관념어의 묘미를 잘 살려 쓴 시들을 찾아보기도 힘들다. 시작법에서도 관념어를 제거하고 써보라고 제안한 경우가 많다. 관념어를 제거하는 것만으로도 시에 생기와 질감이 강화된다. 이는 감각적인 어휘가 발달한 우리말의 특징과 무관하지 않을 것이다.

조은의 시에서는 한국시에서 보기 드물게 관념어가 효과적으로 구사된다. 이 시에서는 "불행의 문장들이 나를 잡아챘다"라는 첫 문장에서부터 관념어를 앞세워 그 말의 힘으로 시 전체를 주도해나간다. "불행의 문장"이라는 관념어와 "잡아챘다"라는 감각적인 어휘가 순식간에 한 몸을 이루고 시상을 휘몰아간다. 불행의 문장에 의해 끌려들어 간 곳이 '사막'이라는 상상도 충분히 공감할 만하다. '나'가 그곳으로 "순순히" 끌려가는 정황은 불행의 문장에 이끌리는 것이 마냥 강제적인 것만은 아니라는 사실을 암시한다. 불행의 문장들이 이끌고 간 사막은 고통이라는 말조차 떠오르지 않을 정도로 극한의 상황이다. "바짝 마른 바람의 뿌리 같은 모래가/촉을 틔우려 달려드는" 척박한 사막을 전전하던 '나'는 "살을 파고드는/진실의 입자들"을 느끼게 된다. 진실은 사막의 모래처럼 따갑게 살을 파고들며 "얕은 숨결에도 감응"한다. 진실이 드러나는 순간이 더할 나위 없이 예리한 몸의 감각으로 표출된다. 관념이 감각과 결합할 때 얼마나 생생해질 수 있는지를 느낄 수 있다. (c)

흰 말채나무의 시간

최기순

유리창마다 성에가 흰 말채나무를 키운다

한파가 몰아칠수록 창문의 말채나무는 숲을 이루고 온종일 켜놓은 화면에선 물결이 솟구치다가 순간 얼어붙는다

국경의 가시철조망 낙화처럼 물결 속으로 사라지는 사람들, 마지막 숨을 몰아쉬는 소년의 맑은 눈동자에 큭! 예기치 않은 울음이 터지지만 그것은 의자를 보면 주저앉는 것과 다르지 않다

나의 말들도 고삐를 매지 않았는데 움직임을 멈춘 채 굳어 있다 말들을 어서 달리게 해야 해 단단히 고삐를 틀어잡고 채찍을 휘둘러보지만 말들은 꿈쩍도 하지 않는다 아마 잊혀져가는 스스로의 발굽 소리를 듣는 듯하다 다시 채찍을 들어 말들 대신 등줄기를 후려쳐본다

턱을 괴고 앉아 흰 말채나무나 바라보는 날들이다 유리창을 꽉 채운 흰 말채나무 가지들처럼 모든 것은 얽혀버린 채 굳어 있다 서로 완강하게 소외되어 얼어붙은 눈동자와 혀가 풀릴 때까지 이 빙하기를 견뎌야 할 것이다

(『푸른사상』 2020년 여름호)

서로 완강하게 소외되어 얼어붙은 눈동자와 혀가
풀릴 때까지

위의 작품의 화자는 "유리창마다 성에" 낀 모습을 "말채나무"의 꽃으로 비유하고 있다. 그 생김새가 유사하기 때문이기도 하지만, 화자 나름대로 상징성을 추구하고 있는 것이다. 화자는 "한파가 몰아칠수록 창문의 말채나무는 숲을 이루고 온종일 켜놓은 화면에선 물결이 솟구치다가 순간 얼어붙는" 장면을 바라본다. 그 장면을 바라보는 동안 "국경의 가시철조망 낙화처럼 물결 속으로 사라지는 사람들"이며 "마지막 숨을 몰아쉬는 소년의 맑은 눈동자"가 떠오르기도 한다. 그리고 "나의 말들도 고삐를 매지 않았는데 움직임을 멈춘 채 굳어 있"는 것을 발견한다.

화자는 시를 쓰는 시인이기 때문에 "말들을 어서 달리게" 하려고 "단단히 고삐를 틀어잡고 채찍을 휘둘러보지만 말들은 꿈쩍도 하지 않는다". "다시 채찍을 들어 말들 대신 등줄기를 후려쳐"도 마찬가지이다. 그리하여 화자는 "턱을 괴고 앉아 흰 말채나무나 바라보는 날들"을 보내고 있다. 그렇지만 화자는 포기하지 않고 언젠가는 말들이 달릴 것을 믿는다. 그리하여 "서로 완강하게 소외되어 얼어붙은 눈동자와 혀가 풀릴 때까지 이 빙하기를 견"디고 있는 것이다. (a)

사랑해

어둔 골목 목을 빼고 기다린 외등 아래 긴 그림자
흥얼흥얼 십 리 왕복 자반고등어 두어 마리
끊어질 듯 이어진 콧노래 봉창을 비추는 달빛
어스름 쓰다 지우고 또 구기고 다시 쓰며
입속에서만 맴돌던 세레나데 한 소절
홀로 고귀해 통속영화에서 따귀를 맞은
아프게 사랑했던 너에게는 못하고
어떻게 끝내야 할지 몰라 침 묻혀 밤새 써내려간
몽당연필 미지의 당신께로 향했다가
붙잡는 이 없어 서둘러 망명길에 오른
아슴한 기억 저편 옛된 멸종의 말
동트기 전 이른 새벽에 생겼으나
늦은 저녁 내 안의 요동치는 파도와 함께
아무 데나 뛰쳐나가지 않게 꾹꾹 눌러 숨겨둔
죽기 전 너에게 주고 가려고
아직 혼자 중얼거리고 있는
처음이자 마지막 말

(『문학의 오늘』 2020년 겨울호)

227

죽기 전 너에게 주고 가려고 아직 혼자 중얼거리고 있는
처음이자 마지막 말

　진정으로 "아프게" 사랑할수록 "사랑해"라고 고백하기 어렵다. 그렇게 말하는 순간, 어쩐지 그 언행에 사랑의 본질이 흐려지거나 붉손해지는 것 같아서다. 그러기에 우린 자주 "밤새" "다시" 고쳐 "쓰다 지우고 또 구기"길 반복하며 정작 '사랑 고백'의 기회를 놓치거나 자꾸 뒷날로 미루곤 한다. "홀로 고귀"한 사랑의 본질이 조금치라도 훼손될까 하는 막연한 두려움과 불안감 때문에 그때마다 다가오는 절호의 순간들을 흘려보내기 일쑤다. 하지만 그렇다고 이제 "아슴한 기억 저편"의 '멸종된 말'이 되어버린 사랑의 말들이 퇴락하거나 부정당하는 것은 아니다. 그럴수록 "파도"가 "요동치는" "내 안"의 사랑은 거꾸로 점점 더 풍성하게 그 무엇이 된다. "아무 데나 뛰쳐나가지 않게 꾹꾹 눌러 숨겨둔" 그 사랑의 압박에 저항하기보다 그걸 적극 수용하고 극복함으로써 '너'와 '나'의 '사랑'은 더욱 절대적인 의미를 갖는다. 비록 인색한 것처럼 보이지만 "죽기 전" 단 한 번의 "처음이자 마지막 말" 속에 더 이상 심화되거나 개선될 수 없는 불멸의 사랑의 의미를 더한 채. (b)

프로파일러 C

최은묵

가까워졌다는 걸 알아, 개미들이 증거를 인멸하는 밤처럼 우린 닮아 가네

한때 자네도 풍선 속에 집을 짓고 살았던 적이 있었겠지, 허리에 묶은 빛 한 톨을 식구 수로 쪼개고

자네는 시곗바늘로 팽이를 만들었을 거야, 나도 그랬지, 초침 소리는 충동적이었으니까

그동안 짜릿했지?

팽이가 기우뚱거리는군, 풍선집이 타원으로 도는 동안 자네는 흩어진 가족

부서진 시간을 조금 일찍 쓰다듬었다면 빨간 눈이 덜 무료했을지도 모르는데

떨고 있군!

우리는 곧 만날 거네, 자네나 나나 밑돌처럼 살았으니 이끼의 살이

익숙할 터

도착할 때까지 꼭짓점에 잘 숨어 있게나, 악마

(『시와반시』 2020년 여름호)

자네는 시곗바늘로 팽이를 만들었을 거야,
나도 그랬지, 초침 소리는 충동적이었으니까

증거불충분한 강력범죄를 해결하는 데 앞장서는 프로파일러인 "자네"와 "풍선 속에 집을 짓고" 사는 것처럼 허구적 세계를 진실을 찾아가는 "나"는 거의 인멸된 증거에서 진실의 흔적을 찾아낸다는 점에서 서로 닮아 있다. 프로파일러가 "시곗바늘로 팽이를 만들"듯이 일반 수사기법으로 해결하기 어려운 사건들을 데이터 마이닝이나 패턴 분석을 통해 범죄의 단서를 찾는 것처럼 시인인 "나" 역시 초침 소리 같은 작은 내면의 충동의 움직임을 소홀히 취급하지 않는다는 점에서 서로 '짜릿'함의 강도를 공유하는 사이다. 그러니까 프로파일러인 "자네"나 시인인 "나"는 이끼에 가려 잘 드러나지 않는 밑바닥에 쌓은 밑돌 같은 존재라는 점에서 공통적이다. 특히 그런 까닭에 두 존재의 존재 가치는 잘 숨어 있을 때 더 드러난다. 무엇보다도 서로가 범죄를 추적하는 수사관이자 동시에 피의자로서 '악마'가 될 수 있는 이중성을 가진 존재라는 점에서 우린 어쩌면 도플갱어의 관계에 놓여 있는 것이다. (b)

현관의 수사학

최준

나간다와 들어간다
사이에 신발장이 있다 문이 열리면
한 켤레의 신발이 떠나고
떠났던 신발이 돌아와 빈자리 찾아든다
해풍의 소금기에 절어 있기도 하고
달라붙은 나뭇잎이 파르르 떨기도 하고
오래된 도서관 서고의 활자들이 새겨져 있기도 한다
사라졌던 시간의 이 모든 거짓말들
흔적 없는 시간의 무늬들
모든 게 가설이고
모든 게 눈비의 교차점에서 생긴 착각들
여름의 신발들이 겨울에 갇힌다
겨울의 신발들이 여름을 기억한다
다음 페이지를 열면
언덕으로 오르는 갓길에서 견인차가 기다리고 있다
어떤 신발은 돌아오는 길을 잃어버리고
다시는 돌아오지 않을 거라고 중얼거리며
오늘이 마지막인 듯 신발장을 여는
아침이 있다

(『문학청춘』 2020년 겨울호)

문이 열리면 한 켤레의 신발이 떠나고
떠났던 신발이 돌아와 빈자리 찾아든다

주로 현관에 설치되어 있는 신발장은 들고 나는 가족들이 신발들이 잠시 머물거나 떠나는 집합처이자 교차점이다. 하지만 그런 신발장을 거쳐 나가고 들어오는 신발들은 단지 한 가족 구성원의 현존과 부재를 확인하는 사물에 그치지 않는다. 각기 신발들은 그 주인공들과 함께했던 시간의 기억들을 온전히 보존하고 있거나 그걸 다시 생생하게 불러들인다. 그러다가 더러 귀가하지 못하거나 더러 영원히 돌아오지 못한다는 불길한 예감을 주는 신발들이 자연적이고 존재론적 시간을 중얼거린다. 무엇보다도 현관의 신발장에 일시에 모여들었다고 각자 뿔뿔이 흩어지는 신발들 속엔 마치 거짓말이나 착각처럼 사라졌다고 믿었던 시간의 흔적들이 새겨져 있다. 그래서 바로 "오늘이 마지막인 듯 신발장을 여는" 날들이 있다. 자신에게 주어진 소중한 시간을 제대로 의식하는 자만이 주어진 구속된 삶의 시간 속에서 자유로워질 수 있음을 알려주고 있는 게 신발장의 신발들인 셈이다. (b)

당신은 미래에서 온 사람

하상만

노인을 본다
나의 미래를 본다
섬뜩하다

옆에 있는 미래를 보고도
현재는 변하는 게 없다

미래가 후회하는 과거를
현재가 살아가고 있다

사라진 다음 후회하지 말거라

아버지는 과거에 대해 말한 거지만
미래에 대해 말한 것

과거를 바꾸기 위해 미래에서 날아온 사람처럼
아버지가 서 있다

(『시와반시』 2020년 가을호)

미래가 후회하는 과거를 현재가 살아가고 있다
사라진 다음 후회하지 말거라

섬뜩한 감정 중의 하나이지만 노인을 통해 나의 미래를 보는 것은 결코 유쾌한 일에 속하지 않는다. 자칫 아직 다가오지 않은 미지의 미래가 현재의 삶을 간섭하거나 방해할 수 있기 때문이다. 하지만 과거에 대한 지식이 미래에 대한 예측의 근거를 의미하는 것도 사실이라면, 미래의 나로서 노인의 모습을 미리 앞당겨 보는 실존적 태도는 마냥 부정적인 것은 아니다. 현재의 자신에 대한 배려인 동시에 최대한 자신의 현재적 의무를 성실하게 수행하는 것이 된다. "미래가 후회하는 과거"는 바로 다름 아닌 '현재'의 순간이며, 따라서 현재를 충실하게 살아가지 않는 한 행복한 미래 역시 보장받을 수 없는 까닭이다. 따라서 '나'는 과거의 시간 속에 서 있는 인물이라고 생각했지만 실상 "미래에서 날아온 사람"인 '나'의 아버지를 통해, 현재의 '나'의 과거를 바로잡고 실상 참다운 미래의 가능성을 타진하고자 한다. 스스로가 변하지 않는 한 '나'의 미래 역시 달라질 게 없으며, 무엇보다도 '나'의 삶은 알 수 없는 섭리나 신이 아니라 주로 '나'의 의지와 통찰력에 좌우되는 까닭이다. (b)

구름의 베어링

하재연

여기는 소음이 적어,
네가 아무리 높은 회전을 해도,
쿨해, 마찰이 없어

지상에 내리고 싶은 건 비 또는 눈,
아니면 섬세하게 냉각된 마음?

무한하게 순환하고 싶어?
가능한 많은 움직임들을 자유롭게?

우리의 관계는 네가 알기 훨씬 이전부터
발명되었을 거야

구분되지 말고
무거워지지 말고

넌
스스로 부상할 수 있어
우리는 취약하지 않지

높은 회전속도에서는 고도의 열로 인해 수명이 급격히 단축된다고
합니다.

지구라는 공장이 멈추면
너와 나의 새 노동은 그때부터 시작될 거야

(『문학동네』 2020년 봄호)

넌 스스로 부상할 수 있어
우리는 취약하지 않지

베어링이라니? 기계장치에 쓰이는 용어가 시로 들어오니 신선하다. '구름베어링'이 아니라 "구름의 베어링"이다. 구름베어링은 볼베어링 또는 롤러베어링을 우리말 '구르다'의 명사형인 '구름'으로 바꾼 말이라고 한다. 그런데 이 시의 "구름"은 하늘의 구름이다. 하늘의 구름은 아무리 높은 회전을 해도 과열되지 않는다. 구름의 베어링은 마찰이 없어 쿨하다. 구름의 베어링으로 움직이고 싶은 것은 무엇일까? "비"인가, "눈"인가, "섬세하게 냉각된 마음"인가? '마음'조차도 구름의 베어링을 통과하면 섬세하게 냉각될 수 있을까? 구름의 베어링은 절대 과열되지 않으니 "가능한 많은 움직임들을 자유롭게" "무한하게 순환"할 수 있을 것이다. 구름의 베어링은 구분되고, 무거워지고, 하강하고, 취약해지는 다른 회전운동과는 달리 아주 오래되었으면서도 변함없이 강력하다. 그런데 지구라는 공장을 돌리는 베어링은 너무 높은 회전속도로 과열되어 언제 멈출지 모른다. 지구가 멈춘 후에도 구름의 베어링은 새 노동을 시작하게 될 것이다. 구름의 베어링과 지구라는 공장의 대비가 선명하다. 지구는 구름의 베어링과는 달리 너무 거칠고 뜨거운 마음들로 과열되어 있고 차별적이고 무겁고 취약한 관계들이 지배한다. 지구를 공장으로 상상해보니 "높은 회전속도"가 얼마나 치명적인지가 자명해진다. 구름의 베어링, 즉 자연의 순환작용과는 전혀 다르다. 지구라는 공장의 한계를 알고 회전속도를 조절하지 않으면 결과는 폐업이다. 인간의 활동이 지구 전체에 영향을 미치게 된 인류세의 미래를 지구라는 공장과 불완전한 기계장치의 운동으로 치환해보니 얼마나 위태로운지가 선명하게 느껴진다. (c)

그곳에도 슬픔이 불고 있다고요

한성희

슬픔이 얼굴을 덮은 채 누워 있게 해요
오래전 몽유가 바람을 닮아가게
안이 훤히 드러나도록 표정이 흘러내려요

바람의 근육을 풀어주고
우리는 그 안에 가만히 누워 있게 해요
냉기 가득한 폐허가 오기 전에
차갑게 뜨거워지는 순간들이 필요해요

굳은 눈빛을 깨뜨리고 슬픔 속으로
천천히 걸어 들어가 보세요
무감각의 기억에서 깨어나
봄 나무처럼 입술을 벌려 구름을 만져봐요

비가 내려도 얼굴이 얼굴 위에 겹쳐서
구름의 표정과 같아져요
우린 서로에게 닿기 위해 꽃잎처럼
호흡을 누른 채 누워 있어요

근육이 숨을 몰아쉴 때마다
그냥 슬픔이 쏟아지게 해요
바람이 얌전해질 때까지 깨우지 말아요

눈 감은 채 꽃잎을 만져봐요
바람은 이미 꽃을 지우기 시작하고
봄은 슬픔에서 흔들리고 있어요

우리 같은 감정이 같은 표정이 아니더라도
골목길처럼 맨발로 사라질 것 같아요

어둠을 뼈에 새기는 나무들의 목소리로
실컷 울고 난 새에게 거짓말처럼 말해주세요

그곳에도 슬픔이 불고 있다고요

(『시와사람』 2020년 여름호)

슬픔에 얼굴이 있다면 부서질 듯 연약하고 흘러내릴 듯 부드러울 것이다. 슬픔은 바람처럼 흔들리며 꽃잎처럼 여린 얼굴을 하고 있을 것이다. 슬픔의 표정은 안이 훤히 비치듯 드러나고 단단히 뭉쳤던 근육을 풀어낸다. 슬픔은 단단히 얼었던 것이 풀리는 감각이다. 슬픔의 감각은 고요히 열려 다른 존재가 스미게 한다. 봄 나무가 입술을 벌려 구름을 만지는 듯, 빗방울이 꽃잎에 닿아 얼굴을 겹치듯. 슬픔이 지나가면 "냉기 가득한 폐허"가 오리라. 슬픔은 폐허 직전에 "차갑게 뜨거워지는 순간"이다. 잠깐 동안 내면이 열리고 간절한 소통이 이루어진다. 꽃이 피었다 지는 순간은 슬픔의 절정이다. 그 순간이 슬픈 이유는 아주 짧기 때문이다. 꽃 진 나무들은 어둠을 뼈에 새긴다. 다시 꽃 필 순간까지 오랫동안 단단하게 자리 잡고 있어야 하기 때문이다. 지는 꽃을 서러워하는 새에게 들려줄 말, "그곳에도 슬픔이 붉고 있다고요"는 슬픔이 메아리치며 서로에게 닿으려 하는 간절한 마음을 담고 있다. 슬픔이라는 익숙한 감정을 새롭게 느끼게 하는 매우 섬세하고 감각적인 시이다. (c)

마스크

함기석

눈보라 치는 밤이었다
스탠드 아래서 시를 쓰다 나는 잠들었다
새벽에 누군가 내 방을 노크했다
꿈결인 듯 일어나 나는 방문을 열었다
긴 코트에 목도리 걸친 여자가 서 있었다
가죽장갑 낀 손엔 신문이 들려 있고
마스크를 쓰고 있었다
누구시오? 어떻게 오셨소?
내가 묻자 그녀는 석간신문을 내밀었다
여기 이 부고 소식을 보고 찾아왔소
나는 얼른 신문을 받아 펼쳐보았다
부고란에 내 이름과 노인 사진이 실려 있었다
아니오, 오보요! 잘못된 거요
보시다시피 난 이렇게 살아 있지 않소?
내가 목소리를 높이자 그녀는
어깨에 묻은 눈을 털고는 방으로 들어섰다
거울 앞에서 마스크를 벗었다
주름투성이 얼굴에 입이 꿰매진 노파였다
눈의 구멍은 깊은 태고의 동굴 같았다
당신 도대체 누구요?
내가 놀란 얼굴로 묻자 그녀가 말했다
난 행복이오! 오랜 시간 동안
당신이 나를 기다렸다는 사실을 잘 알고 있소

하지만 당신 생전에 난 당신 집에 올 수 없었소 미안하오!
사실 나도 평생 당신이 찾아오길 기다리다
이런 몰골로 늙어버렸소
늦었지만 당신 부고 소식을 보자마자 이렇게
폭설을 뚫고 달려온 거요
아니오! 난 결코 죽지 않았다니까요!
내가 몹시 흥분하자 노파는
유리창에 기대어 낮은 허밍으로 읊조렸다
이해하오, 당신의 그 집요한 착각을
당신이 아직 살아 있다는 건
당신만의 오래된 착각이고 착색된 꿈, 오보요
내가 계속 인상을 찡그리며 따지자
노파는 들고 온 흰 국화꽃을
책상에 올려놓고는 조용히 방문을 나섰다
노파가 떠난 후, 나는 창가에 서서
눈 속으로 사라지는 그녀의 뒷모습을 오랫동안 지켜보았다
돌아서는데 벽에 걸린 거울과 마주쳤다
거울 속엔 아무도 없고
흰 마스크 하나 검은 나비처럼 떠다녔다

(『시와세계』 2020년 여름호)

이해하오, 당신의 그 집요한 착각을
당신이 아직 살아 있다는 건 당신만의 오래된 착각이고 착색된 꿈, 오보요

　　연극의 한 장면을 보는 것처럼 극적인 전개 방식이 흥미로운 시이다. 배경은 "눈보라 치는 밤"이고 주인공인 '나'는 스탠드 아래서 시를 쓰다 잠든 상황이다. 어떤 인물이 예기치 않게 방문하면서 극적 긴장감은 고조된다. 긴 코트에 목도리를 걸치고 장갑과 마스크까지 쓰고 있는 여자의 복장으로 보아 밖은 몹시 추운 듯하다. 여자는 신문의 부고란에서 '나'의 소식을 보고 달려왔다고 한다. 여자가 내미는 신문에는 분명 자신의 이름과 노인 모습의 사진이 실려 있다. 「크리스마스 캐럴」의 스크루지 영감처럼 '나'는 자기의 죽음을 받아들이지 못하고 강력하게 부정한다. 마스크를 벗은 여자의 얼굴은 주름투성이에 입에 꿰매진 흉측한 노파의 모습이다. 그녀는 자신이 '행복'이라고 밝힌다. 그가 그토록 기다렸던 행복은 생전에는 끝내 올 수 없었고 그가 죽은 후에야 이토록 추한 몰골로 등장했던 것이다. 노파가 흰 국화꽃을 전달하고 사라진 후에도 '나'는 자기의 죽음을 인정하지 못한다. 거울 속에서 자신의 모습 대신 '흰 마스크' 하나가 떠 있는 것을 확인하는 마지막 장면이 반전의 묘미를 함축하고 있다. 자기의 죽음을 받아들이지 못하고 계속 살아 있다고 우겨대는 착각과 죽는 순간까지 끝내 '행복'을 만나지 못하는 안타까운 상황이 극적인 전개를 통해 인상 깊게 그려진다. 마스크 속에 꿰매진 입의 형상이 섬뜩하다. 시인이 말을 잃는다면 죽음과 다름없을 것이다. 코로나19로 일상화된 마스크는 이처럼 시의 영역으로 깊숙이 들어와 수많은 상상력을 불러일으킨다. (c)

악수

함민복

하루 산책 걸렀다고 삐쳐
손 내밀어도 발 주지 않고 돌아앉는
길상이는 열네 살

잘 봐
나 이제 나무에게 악수하는 법 가르쳐주고
나무와 악수할 거야
토라져
길상이 집 곁에 있는
어린 단풍나무를 향해 돌아서는데

가르치다니!

단풍나무는 세상 모두와 악수를 나누고 싶어
이리 온몸에 손을 달고
바람과 달빛과 어둠과
격정의 빗방울과
꽃향기와
바싹 마른 손으로 젖은 손 눈보라와
이미
이미
악수를 나누고 있었으니

길상아 네 순한 눈빛이
내게 악수하는 법을 가르쳐주었었구나

(『창작과비평』 2020년 봄호)

시에서 만나는 따뜻하고 가슴 뭉클한 장면 중에 사람과 다른 동식물이 이
심전심으로 통하는 순간이 있다. "물 먹는 소 목덜미에/할머니 손이 얹혀졌
다./이 하루도/함께 지났다고,/서로 발잔등이 부었다고,/서로 적막하다고"라
는 김종삼 시 「묵화(墨畵)」가 대표적이다. 할머니와 소 사이에 어떤 간극도 없
이 공감과 위안이 가득하다. 요즘처럼 반려동물을 가족으로 받아들이는 인식
이 보편화되기 전부터 함께 살고 함께 일하는 사람과 동물 사이에는 인간관계
이상의 친밀한 의사소통이 이루어졌던 것이다.

'악수'는 사람과 사람이 나누는 호의의 표현이지만, 이 시에서는 사람과 동
물, 동물과 식물 사이에서 나누는 악수가 흥미롭게 그려진다. 이 시의 주인공
인 길상이는 열네 살 먹은 개다. 사람으로 치면 노인에 해당하고 눈치가 백 단
은 돼 보인다. 산책을 하루 걸렀는데도 화자가 청하는 악수에 응대하지 않는
다. 단단히 삐쳤다는 신호이다. 화자도 똑같이 토라져서 길상이 대신 어린 단
풍나무에게 악수하는 법을 가르쳐서 나무와 악수하겠다고 큰소리친다. 그런
데 어린 단풍나무는 이미 온몸에 달린 손들을 펼쳐 바람과도 달빛과도 어둠과
도 빗방울과도 꽃향기와도, 심지어 눈보라와도 악수를 나누고 있다. 길상이
가 이미 주위의 모든 이웃과 악수하는 법을 가르쳐준 것이다. 그러고 보니 길
상이와 화자의 악수 또한 길상이의 순한 눈빛에서 시작된 것이니 길상이가 먼
저 가르쳐준 셈이다. 코로나 사태로 악수조차 금지된 현 상황과 비교해보니
이 시에서 표현되는 많은 악수가 더욱 훈훈하고 정겹게 느껴진다. 사람과 동
식물이 어떤 관계를 이루어야 하는지를 보여주며 미소짓게 하는 시이다. (c)

사서(死書)

홍순영

나는 벌레가 싫은데
책상에 앉으면 먹이를 찾는 벌레가 된다
채 자라지 않은 벌레가 백지 위에 쏟아내는
또 다른 애벌레
제목 없이 떠도는 저것들은 누구의 사생아일까

그늘을 먹고 자란,
서로 엉켜 있는 그림자의 긴 손가락이
책장에 숨은 유령들의 목덜미를 잡는다
나란히 기대어 있던 어깨들이 무너진다

읽지 못한 책들이 버려진다
읽지 않은 책들이 버려진다
읽었으나 삼키지 못한 책들이 버려진다
우리는 숲으로 돌아갈 수 있을까
집에서 쫓겨난 아이처럼 구겨진 얼굴로 묻는

죽음 앞에서 숲을 떠올리는 이는 나무에서 태어난 사람
색 바랜 단풍잎을 입에 물고 해맑게 웃는 얼굴
덮, 는, 다

탈락한 생을 상자에 밀어 넣자 일몰이 걸어와 함께 눕는다
숙주를 잃은 벌레들

때를 놓치지 않고 새카맣게 기어 나온다
나는 잽싸게 도망친다
먹이가 될 수 없는 벌레가
먹이가 되지 않겠다는 듯

(『리토피아』 2020년 봄호)

죽음 앞에서 숲을 떠올리는 이는 나무에서 태어난 사람
색 바랜 단풍잎을 입에 물고 해맑게 웃는 얼굴

　위의 작품의 화자는 자신이 책을 죽이고("사서(死書)") 있다고 토로한다. 자신은 "벌레가 싫은데/책상에 앉으면 먹이를 찾는 벌레가" 되기 때문이라고 그 이유를 밝히고 있다. 먹이를 찾는 목적으로만 책을 읽기 때문에 책을 살리지 못한다는 것이다. 그리하여 책을 읽다가 "채 자라지 않은 벌레가 백지 위에 쏟아내는/또 다른 애벌레/제목 없이 떠도는 저것들은 누구의 사생아일까"라며 안타까워한다.

　화자가 책을 죽이는 것을 개인적인 책임으로 볼 수는 없다. 책을 좋아하는 사람일수록 날마다 쏟아져 나오는 책들을 바라보며 절망감을 갖는다. 한 권의 책 속에는 저자의 귀한 영혼이 들어 있는데, 그것을 제대로 사유할 수 없기 때문이다. 책을 읽는 의미는 정보나 지식을 습득하는 것만이 아니라 저자와의 깊은 소통에 있는 것이다.

　한 개인이 소화할 수 없을 정도로 많은 책들이 쏟아져 나오고 있다. "읽지 못한 책들이 버려"지고, "읽지 않은 책들이 버려"지고, "읽었으나 삼키지 못한 책들이 버려"지고 있을 정도이다. 세상이 점점 복잡하고 전문화되고 급변하고 있기 때문에 책들도 홍수를 이루고 있는 것이다. 더 이상 한 개인이 책들을 살리기는 불가능한 시대이다. 그렇다고 "잽싸게 도망"칠 수는 없지 않은가. "먹이가 될 수 없는 벌레가/먹이가 되지 않겠다는 듯" 도망쳐봐야 글자를 죽이고 있는 자신을 발견하기 때문이다. (a)

있다 그리고 이다

황성규

꿈틀대고 있다. 깜깜해서 들여다볼 수 없다. 그런데 있다. 가끔 지퍼를 연다. 때로는 옷을 찢기도 한다. 그곳에 있는 그것의 얼굴, 본 적이 없다. 보고 싶다. 보이지 않는 그것을 보고 싶다. 빛이 닿지 않는 까닭일까 어둠이 뿜어져 나오는 탓일까. 밤에 안긴 도시의 얼굴이 보인다. 그것도 그곳도 보이지 않는다. 그것도 분명 외출을 한다. 느낄 수 있다. 알 수는 없지만. 종량제 봉투를 찢으며 투명한 고개를 내밀기도 하는 그것의 이름은,

(『문학의오늘』 2020년 가을호)

빛이 닿지 않는 까닭일까 어둠이 뿜어져 나오는 탓일까.
밤에 안긴 도시의 얼굴이 보인다.

논리학적으로 어떤 명제(命題)의 주어에 대응하는 명사[主辭]와 그 주사(主辭)에 결합되어 그것을 규정하는 빈사(賓辭)가 보여주는 것은 가장 공허하고 빈약한 보편성이다. 예컨대 명제(命題)의 주사와 빈사를 연결하여 긍정이나 부정의 뜻을 나타내는 계사(繫辭)인 '이다'라는 말이 그렇다. 주로 체언 뒤에 붙어 사물의 뜻을 나타내는 서술격 조사로서 '이다'의 경우, 단순히 어떤 사물의 상태나 상황을 규정하거나 설명하는 데 그친다. 따라서 시인은 분명 "본 적이 없"으나 "보고 싶"은, 그러나 끝내 "보이지 않는 그것"의 '있음'을 실감하고자 한다. 분명 "꿈틀대고 있"지만 "밤에 안긴 도시의 얼굴"처럼 "깜깜해서 들여다볼 수 없는", 어떤 규정 가능성 너머에 '있'는 그 어떤 초규정적인 존재의 율동을 포착하고자 한다. 종내 "알 수는 없지만" 가끔씩 "종량제 봉투를 찢으며 투명한 고개를 내밀기도 하는 그것"의 실재와 마주치고자 한다. 끝내 그 전모를 드러내지 않는다는 점에서 무(無)와 공(空)의 세계처럼 보이지만, 동시에 끊임없이 어떤 작용을 보여주고 있는 게 '있다'의 세계인 까닭이다. (b)

5분만

황학주

5분만 기다려줘요
평범한 청이지만 한 사람의 말이
왠지 영롱을 띤 채 울린다 안 해도 되는 말을 그러고 싶어 해준다
나 금방 나가요
어림짐작으로도 초승달이나 옥저(玉箸)를 사용해 내게 먹이는 기분
이다
나날이 5분이 있어서 더 그럴듯했거나
어떤 날은 하루가 딱 5분이었을 거야
영원 중에서 죽음이라는 보답 없이는 오지 않을 것 같은 가장 예쁜
시간

(『문학과경계』 2020년 가을호)

나날이 5분이 있어서 더 그럴듯했거나

어떤 날은 하루가 딱 5분이었을 거야

현실적인 시간 계측에서 '5분'이라는 시간은 길다면 길고, 짧다면 짧은 시간이다. 하지만 서로 사랑하고 신뢰하는 한 쌍의 연인이나 부부 사이에 있어서 '5분'이라는 시간은 결코 길거나 짧다는 척도도 가늠할 수 없다. 일테면 두 사람이 함께하는 중요한 외출을 앞두고 누군가 "5분만 기다려줘요"라고 할 때, 그 '5분'이라는 시간은 단지 물리적인 '5분'의 시간을 의미하지 않는다. 거기엔 그걸 부탁하는 쪽이나 기꺼이 그걸 수락하는 쪽이나 서로 간 상대방이 자신만의 고유한 삶의 방식 내지 시간을 조절하고 인내할 수 있도록 하는 세심한 배려와 상호신뢰의 시간을 의미한다. 비록 "나 금방 나가요"라고 말해놓고도 한참을 꾸무럭거려도 안달하거나 재촉하지 않은 것은 자신들도 모르게 형성된 서로 간의 신뢰와 때 묻지 않은 원초적 독립성 때문이다. 저마다의 가치와 고유성의 시간을 가진 타자가 더 이상 제 마음대로 처분할 수 있는 영역에 있지 않다는 것을 절감하는 자만이 '5분간'이라는 시간이 한 번뿐인 죽음의 가치에 버금갈 만큼 가장 예쁘고 '영롱'한 삶의 시간 형식을 느끼거나 누릴 수 있다. (b)

2021
오늘의
좋은
시